AF296924

ARISTOTIME

TRAGEDIE.

A PARIS,

Chez

AVGVSTIN COVRBE', Libraire & Imprimeur de
Monsieur Frere du Roy, dans la petite
Salle, à la Palme.

ET

ANTHOINE SOMMAVILLE, à l'Escu de
France, à la mesme Salle.

au Pala

M. DC. XXXXII.

AVEC PRIVILEGE DV ROY.

A
MADEMOISELLE
DE
LONGVEVILLE.

MADEMOISELLE,

Ie m'eſtonne moy-meſme de ma
hardieſſe, & quelque longue refle-

ã ij

EPISTRE.

xion que i'aye peu faire fur ce que i'en-
treprends, mon deffein me donne de
l'efpouuante , & ma liberté me fait
peur. I'ofe ce que perfonne n'auoit
encor iufques icy ofé; I'intereffe voftre
Nom puiffant à la protection d'vne
foible chofe; Et i'en fais vn **Azile** à la
prefomption , & aux deffauts de cét
Ouurage. Mais le fouuenir de la bonté que vous n'auez pas defniée à ce Poë-
me naiffant, & ces excez de courtoifie
qui vous arracherent des loüanges en
fa faueur, authorifent icy ma faute,
portent ma Volonté contre la Raifon,
prennent le party de la Memoire, con-
damnent le Iugement, & me partagent
contre moy-mefme. Ie fçay bien,
MADEMOISELLE, ce que i'aurois

à faire s'il ne s'agiſſoit que de mes deſor-
dres interieurs, & ſi le profond reſpect,
dont i'accompagne vn ſouuenir ſi
auantageux pour moy, ne s'eſtoit im-
perieuſement rendu maiſtre de mes
irreſolutions : Mais i'ay crû, MA-
DEMOISELLE, qu'il n'é-
toit pas honteux à voſtre Grandeur, de ſe voir ſollicitée des meſmes
Requeſtes que l'on addreſſeroit à Dieu,
& de la conjurer de finir mon anean-
tiſſement, & de me faire ſa Creature.
C'eſt vn pouuoir que le Ciel n'a commis qu'aux Maiſtres de la terre ; Et
comme parmy ces Illuſtres perſonnes,
il n'y en a point qui vous ſurpaſſe en
naiſſance, & en merite ; Peu qui vous
eſgallent en l'vn, & en l'autre ; Et beau-

coup qui ne vous cedent en tous les deux : I'ay penſé, MADEMOISEL-LE, que vous eſtes trop genereuſe, pour refuſer l'hommage que ie rends à vos éminentes vertus, & pour n'agréer pas que mes veritables ſoumiſsions vous aſſeurent, que ie ſuis plus que tout le monde enſemble,

MADEMOISELLE,

Voſtre tres-humble, tres-obeïſſant,
& tres-fidelle ſeruiteur,
LE VERT.

NOMS DES PERSONNAGES.

ARISTOTIME.	Tyran d'Elide.
MYRONE.	fille d'Aristotime.
ANAXANDRE.	Mary de Myrone.
PHILINTE.	Confidente de Myrone.
CYLON.	
TRASIBVLE.	Capitaines coniurez.
TEANDRE.	Soldat d'Arist.
HELLANIC.	Capitaine des gardes d'Arist.
MEGISTE.	
ELISE.	Confidente de Megiste.
ARISTON.	fils de Megiste.
CLEONTE.	
PHÆDON.	
LICASTE.	Soldats.
Trouppe de Soldats.	

La Scene est dans le Palais d'Elide.

ARISTOTIME, TRAGEDIE.

ACTE I.

SCENE PREMIERE.

ARISTOTIME. TEANDRE. HELLANIC.
MYRONE. ANAXANDRE.

ARISTOTIME.

VY ce prompt accident merite ma presence;
Va dire que i'y vay: mais cours en diligence.
Vous, pendant que i'iray visiter ce rampart,
Assemblez le conseil dans vne heure au plus tard.

Teand
rentr
Hella
rentre

A

Ma fille, cependant, va t'en trouuer Megiste,
Combats encor vn coup ce cœur qui me resiste,
Tache à vaincre à la fin cét esprit irrité
Contre l'esclat nouueau de noſtre authorité.
Fay luy voir qu'elle a tort de m'eſtre ſi farouche
Puiſque ie luy preſente, & mon Sceptre, & ma Couche,
Et que c'eſt vn moyen qui la peut deſormais
Mettre en vn plus haut rang qu'elle ne fut iamais.
Conduire heureuſement cette importante affaire,
C'eſt conſeruer le Troſne, & la vie à ton Pere,
Qui t'a voulu choiſir dans vn ſi grand employ,
Sçachant bien l'amitié de Megiſte & de toy:
Va, ma fille, & la rends à mes vœux plus ſenſible.

MYRONE.

Ie m'en vay de ce pas y faire mon poſſible.

ARISTOTIME.

Au reſte, auerty là que ie ſuis reſolu
De faire agir en fin mon pouuoir abſolu:
Et qu'elle a des meſpris dont mon humeur ſe laſſe,
Mais vſe adroitement d'vne telle menace,
Et luy parlant des biens qu'elle peut poſſeder,
Fay tant que ton diſcours puiſſe l'intimider.

ANAXANDRE.

Si ce dernier moyen n'abbat son arrogance,
Sire, en fin, vous deuez vser de violence.
Pour vaincre auec succez il faut bien assaillir,
Peut estre qu'elle veut qu'on l'oblige à faillir:
Vne femme orgueilleuse & viuement pressée,
Ne se croit plus coulpable, estant vn peu forcée;
Car la force qui rend son deuoir abbatu,
Semble excuser sa cheute, & sa molle vertu.

ARISTOTIME.

Ma fille, voy par là que tu dois satisfaire,
L'esprit de ton Espoux, & l'amour de ton Pere:
Son sentiment s'accorde auec ma passion,
Contente l'vn & l'autre en cette occasion;
Et portant cette altiere à deuenir ma Femme,
Fay reüssir en fin son conseil & ma flame.
A dieu, ma fille. Allons ou le peuple m'attend.

SCENE II.

MYRONE feule.

A Quoy la refoudray-je en vn danger fi grand?
Tâcheray je à porter dans ce cœur magnanime
Les mouuements du vice, & les appas du crime?
Faut-il que l'amitié qui nous joint toutes deux,
Tente aujourd'huy contre elle vn fuccez hazardeux,
Et fi fa vertu tremble en ce peril extreme,
Qu'au lieu de l'affermir, ie l'esbranle moy-mesme?
Mais faut-il confulter pour fuiure mon deuoir?
Dois je refifter feule à ce double pouuoir?
Ce qu'vn efpoux fouhaitte, & ce qu'vn Pere ordonne,
Les refpects de l'amour & ceux d'vne couronne,
Seront ils impuiffants pour fe faire obeïr,
Et leur appartiendray-je afin de les trahir?
Non, mon pere l'emporte, & ie cours fans murmure
A cét inftinct qu'exige & donne la Nature:
Megifte, & l'amitié luy cedent aujourd'huy:
Ie doy tout entreprendre , & tout faire pour luy:

Dans le rang esleué de sa grandeur nouuelle,
Agir contre son gré c'est estre criminelle :
Il faut aueuglement obeïr à sa voix,
Et ses commandements doiuent estre nos loix :
Allons donc sans regret ,... l'importune presence !

SCENE III.

CYLON. MYRONE.

CYLON

Madame, pardonnez si i'entre sans licence,
Et si ie viens troubler pour mon fascheux abord
Les solides pensers qui vous tiennent si fort.
Mais voulant voir le Roy sur vn point qui m'importe,
I'auois ce me sembloit oüy dire à la porte
Qu'il estoit auec vous.

MYRONE.

Il est pourtant party.

CYLON.

Depuis long-temps, Madame?

MYRONE.

A peine est-il sorty.

CYLON.

Le Prince l'accompagne?

MYRONE.

Ouy.

CYLON.

Vrayement ie m'estonne,
Comme ce bien-heureux quitte vostre personne.

MYRONE.

Voudriez vous qu'il fust tous les iours auec moy.
Et ne voulez vous pas qu'il obeisse au Roy?

CYLON.

Possedant des beautez la beauté la plus rare,
Peut il bien endurer que quelqu'vn l'en separe?
Peut-il viure vn moment absent de ces beaux yeux,
Priué d'vn bien qui rend tout le monde enuieux,

Esloigné d'vn soleil qui reduit tout en cendre,
Et sous qui tous les cœurs font gloire de se rendre?

MYRONE.

Vous voyez, qu'il le peut puisqu'il n'est pas icy.

CYLON.

Il le peut: Il est vray, ie m'en estonne aussi.
Il deuroit voir tousiours vne si belle chose,
Luy parler de ses feux, en adorer la cause,
Et chacun en sa place esloigneroit de soy,
Pour estre tout à vous, les charges & l'employ.

MYRONE.

Vn Prince comme il est, se doit trop à la gloire
Pour se laisser brusler d'vne flame si noire:
Le feu dont vous parlez, est vn feu suborneur,
Ennemy de l'estime, & funeste à l'honneur
Puisqu'il abbat l'esprit, & qu'il flestrit la vie
De celuy qui conçoit vne si molle enuie.
Anaxandre vaut trop pour auoir ce deffaut,
Il a l'ame trop belle, il a le cœur trop haut,
Il ayme trop la gloire ou mesme ie le porte,
Et ie le haïrois s'il m'aymoit de la sorte.
Quoy, donques, si le Roy vous eust fait mon espoux
Et qu'vn Hymen sacré m'eust attachée à vous.

CYLON.

Ah! ne me flattez plus de ce bonheur extreme.

MYRONE.

Fußiez vous deuenu diſſemblable à vous meſme ?
Eußiez vous amolly cette maſle vigueur
Qui fait que vous paſſez pour vn homme de cœur ?
Et pour idolatrer tous les iours vne femme,
Vous fußiez vous noircy de reproche & de blame ?
Ah ! le Ciel en ce cas a permis iuſtement
Que mon pere ait changé ſon premier ſentiment.

CYLON.

Dittes qu'il a reglé ſon ſentiment au voſtre :
Ouy vous auez voulu me changer pour vn autre,
Anaxandre vous plut, & voſtre affection
S'appuya ſeulement ſur ſa condition :
L'eſclat qu'il empruntoit de ſa maiſon Royale,
Vous fit pour mon malheur deuenir deſloyale,
Ce n'eſt que peut eſtre il valuſt plus que moy,
Mais ie ſuis malheureux, & luy le fils d'vn Roy.

MYRONE.

Oſez vous me tenir vn diſcours qui m'offence ?
Oſez vous me parler auec tant d'arroganſe ?

Ame

Ame superbe & vaine, esprit presomptueux.
Deuenez plus modeste, & plus respectueux :
Si le Roy qui vous souffre, & vous voit, & vous aime,
N'estoit vn fort obstacle à ma cholere extreme,
Ie vous ferois punir de vostre vanité,
Mais il vous considere, & i'ay de la bonté.

SCENE IV.

CYLON seul.

HE bien espoirs trompeurs, qui me l'auiez promise,
Me rendrez vous en fin mon cœur & ma frâchise?
Et vous suffira t'il de ce mortel affront,
Qui doit mettre à iamais la honte sur mon front?
La fille d'vn Tyran me parler en Princesse?
Me traitter de sujet? moy qui sçay leur bassesse,
Et qui ne voulois pas me declarer contre eux,
Retenu iusqu'icy d'vn respect amoureux?
Amour mal reconnu! flame qu'il faut esteindre!
Ne sollicitez plus mon bras à se contraindre :
Ma main faisons perir ceux qui nous ont trahis,
Vangeons d'vn mesme coup ma honte & le païs.

B

Ioignons nos interefts aux interefts d'Elide
Et faifons cheoir le Trofne ou le Tyran preſide.
Et toy, de mes malheurs infaillible ſuiet,
Des veux de mon ingratte heureux, & ſeul objet,
Anaxandre, il eſt temps que ta gloire finiſſe,
Et que mon deſeſpoir t'ouure le precipice.
Pourquoy t'engageois tu dans cét Hymen fatal?
C'eſt meriter la mort que d'eſtre mon Riual:
Ton treſpas doit ſeruir de Victime & d'Offrande
A la punition que mon courroux demande:
Pour faire repentir cét eſprit inconſtant,
Il faut faire perir celuy qu'elle aime tant:
La douleur qu'elle aura, reſioüira mon ame;
Ses larmes & ton ſang amortiront ma flame,
Et par cette infortune, où ie t'auray plongé,
Elle ſera punie, & ie ſeray vangé.

SCENE V.

TRASIBVLE. CYLON.

TRASIBVLE.

IE vous cherche par tout afin de vous aprendre
Que le piege eſt tout preſt que nous leur voulions
Le Tyran de luy meſme a preuenu l'auis   [tendre.
Que nous voulions donner nous & nos deux amis,
Son gendre a propoſé de faire vne ſortie,
Il faut que vous ou moy ſoyons de la partie,
Et que nous appuyons (adroitement pourtant)
Quand le conſeil tiendra, cet auis important.
Quoy! n'aprouuez vous point cette certaine voye,
Que leur propre malheur où le Ciel nous enuoye?
Vous me ſemblez reſueur dans cette occaſion.
Vous choque t'elle amy?

CYLON.

Non, Traſibule, non.

B ij

TRASIBVLE.

Quel est donc le suiet de ce chagrin extreme?

CYLON.

Mon cœur qui me trahit, ma lâcheté, moy-mesme,
Qui n'ay pû surmonter vn foible mouuement :
Non, ie ne l'ay pas pû.

TRASIBVLE.

      Parlez plus clairement:
Cylon n'auroit il plus ce dessein legitime.
Qui nous a tous portez à perdre Aristotime?
Nous à t'il accusez deuant son nouueau Roy?
Seroit-il deuenu sans parole, & sans foy?
Ie crains pour la Patrie.

CYLON.

      Estouffez cette crainte;
Ie tiendray ma parole inuiolable & sainte,
L'amour de la Patrie a des charmes trop forts,
Pour ne me pas porter aux extrémes efforts :
Non, ce n'est point de là d'où prouient ma tristesse,
Ie me plains seulement d'auoir trop de foiblesse,
Et d'auoir profané nostre illustre dessein,
D'vn feu lasche & honteux qui m'eschauffoit le sein.

J'ay faict vne action dont il faut qu'on me blasme,
J'ay seruy le païs pour seruir à ma flame,
Et mon cœur trop sensible, a fait depuis vn an,
Que i'ay tousiours aimé la fille du Tyran.

TRASIBVLE.

Ie sçay bien que deuant qu'il conneust Anaxandre,
Il vous auoit choisi pour deuenir son gendre :
Et que sa fille ayant quelque perfection,
Vous l'auiez souhaitée auecques passion.
Mais chacun ayant vû les attentats iniques
Dont le traistre a formé nos miseres publiques ;
Ie fus raui pour vous que son cœur eust changé,
L'on vous crût trop heureux d'en estre dégagé,
Et l'on ne pensoit pas que vous eussiez encore
De l'amour pour vn sang que tout le monde abhorre.

CYLON.

Et c'est aussi pourquoy ie ne puis excuser
Cette ardeur qui m'a pû si long-temps embraser.
Elle estoit criminelle ; & i'estois vn perfide
Faisant encor des vœux pour l'oppresseur d'Elide ;
Ie n'osois souhaiter sa cheute ni sa mort,
Mon cœur me deffendoit ce genereux effort,
Et le lasche empruntoit ma flame illegitime
Pour me solliciter à commettre ce crime :

B iij

Mais le Ciel m'est tesmoin qu'à peine i'ay meslé
L'interest du païs aux feux dont i'ay bruslé;
I'ay conserué mon ame innocente & fidelle,
Quoy que ma passion ayt entrepris contre elle,
Et quoy qu'elle ayt voulu suborner ma raison,
Ie n'ay pû consentir à cette trahison,
I'ay tousiours conformé ma conduitte à la vostre,
Et l'amour du païs à triomphé de l'autre.

TRASIBVLE.

Ie le confesse, amy, ce discours ma surpris.
Nous deuons donc beaucoup à cét heureux mespris,
Et l'inconstante humeur d'vne femme volage
Semble vous forcer seule à vanger nostre outrage?
Doncques vous n'eussiez pû iamais vous degager,
Si son esprit pour vous n'eust pas esté leger,
Et si l'ambition, & le desir d'vn Trosne
Ne l'eussent fait pancher vers le fils d'Antigone?
Ah! ie vous estimois exempt d'vn tel deffaut:
Ie ne sçay comme vn cœur & si noble & si haut,
Parmy tant de malheurs dont le Ciel nous menasse,
A bruslé si long-temps d'vne flame si basse.

CYLON.

Si i'auois de ma faute vn moindre repentir,
I'aurois bien la dessus dequoy vous repartir:

Ie vous dirois qu'amour, confondant chaque chose,
Tire vn mauuais effet de la meilleure cause,
Que le trompeur qu'il est, seduit les plus prudents,
Qu'il broüille leur esprit de troubles euidents,
Qu'il prent auec effort l'ame qu'on luy dénie,
Et que la plus rebelle est la plustost punie :
Mais ie quitte auec ioye vn si mauuais parti ;
Ie recognoy l'erreur d'où ie me vois sorty :
L'Amour n'est qu'vn desir que la vertu surmonte,
Ie le pers sans regret puis qu'il faisoit ma honte ;
Ie ne suis plus sensible aux traits qui m'ont blessé,
L'honneur rentre en mon cœur d'où ie l'auois chassé,
Ie retourne à la gloire, & mon ame plus forte,
Panche, va, court, & vole où le deuoir la porte.

TRASIBVLE.

Mais si vous appuyez ce changement soudain
Sur son humeur altiere & son dernier dédain,
Il faut aprehender…

CYLON.

Quoy ? que ie brusle encore
D'vn feu qui me diffame, & qui me deshonore ?
D'vn amour qui ternit & ma gloire, & mon nom ?
Qui trahiroit ma ville ? ah perdez ce soupçon !

Mon honneur m'eſt trop cher, i'aime trop la patrie,
Pour conceuoir iamais vne ſi lâche enuie:
Ouy, pour vous teſmoigner que ie ſuis detaché
De ce deſſein honteux que i'auois tant caché;
Que ie hay le Tyran, que ie quitte ſa fille,
Que ie veux ruiner ſon gendre, & ſa famille;
Permettez, cher amy, permettez ſeulement
Quelque effort hazardeux à mon reſſentiment:
Laiſſez agir ma main, ce fer, & ma cholere,
Megiſte a trop ſouffert, il faut la ſatisfaire,
Il faut que mon païs reſpire deſormais,
Ie luy veux redonner le repos & la paix,
Elide a trop gemy deſſous la tyrannie,
Mon bras ſoulagera ſa miſere infinie,
Le monſtre qui l'opprime a trop long temps regné,
Et de quelques ſoldats qu'il ſoit accompagné,
Quelque peril certain qui garde ſa perſonne,
Ie luy veux arracher le cœur & la couronne,
Et deſtinant ma vie à cét illuſtre employ,
Me perdre pour le perdre, & l'accabler ſous moy.

TRASIBVLE.

La chaleur conduit mal vne haute entrepriſe.
Il faut dedans la noſtre vne ame plus remiſe,
Voſtre eſprit agité de haine, & de regret,
Auroit peine à cacher cét important ſecret,

Et le

Et le moindre foupçon qu'auroit Ariftotime,
Romproit tous nos deffeins, vous faifant fa victime.
Et puis, quoy que ce coup ne reüßift pas mal,
Le fuccez toutefois nous en feroit fatal,
Ariftotime mort, on verroit Anaxandre
Heriter de fon Sceptre en qualité de gendre,
Sa femme auroit dequoy fatisfaire a fes veux,
Et pour vn Tyran mort, vous nous en feriez deux.

CYLON.

Ah! prefcriuez moy donc ce qu'il faut que ie faffe.

TRASIBVLE.

Pour l'arracher du Trofne où fon orgueil le place,
Cachons adroitement l'aigreur de nos efprits:
Vn ennemi qu'on flatte eft a demy furpris;
Et quand...

C

SCENE VI.

HELLANIC. TRASIBVLE. CYLON.

HELLANIC.

IE suis raui de vous trouuer ensemble,
Ie viens vous dire icy que le conseil s'assemble,
Et que sa Majesté deuant que de sortir,
M'a fait commandement de vous en auertir.

TRASIBVLE.

Nous allons nous y rendre en toute diligence.
La Fortune respond à nostre intelligence,
Et le Ciel à la fin nous offre les moyens
De paroistre auiourd'huy ; fidelles citoyens,
L'aduis que i'ay donné les esbloüit sans doute.

CYLON.

S'il arriue tantost que le Tyran le gouste,

S'il continuë encor le desir qu'il en a,
Quand i'y deurois mourir, Anaxandre y mourra:
Ouy, pour le mieux pousser où son malheur le porte,
Ie veux l'accompagner, & luy seruir descorte,
Et lauer dans son sang, en m'attachant à luy,
Mon amour negligé, ma honte, & mon ennuy.

TRASIBVLE.

Nos desseins vont seruir & soulager la Grece;
Allons les appuyer de toute nostre adresse:
Si le sort fauorise vn si iuste proiet,
Que l'on fera de vœux dont nous serons l'obiet,
Il ne faut pas douter que toute la Patrie
Ne nous honore apres auec idolatrie,
Et quand nous peririons dans vn danger si beau,
Nous ne pouuons choisir vn plus noble tombeau.

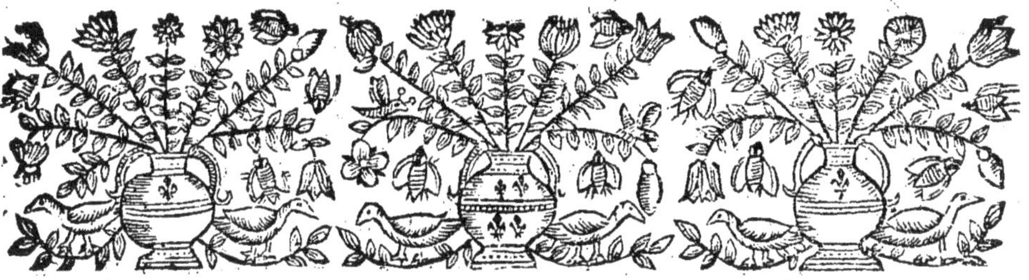

ACTE II.

SCENE PREMIERE.

MEGISTE. ELISE.

ELISE.

Adame, si la chose est encor incertaine,
Ie voudrois m'efforcer à mieux cacher ma
haine ;
Le malheur en effet semble l'abandonner,
Mais comme il vient à nous, il peut s'en retourner.

MEGISTE.

Quel est donc ton aduis ?

ELISE.

De haïr, mais de feindre.

MEGISTE.

Ie ne suis pas d'humeur pour me pouuoir contraindre:
Et bien que le cruel me retienne en prison,
Il ne peut captiuer mon cœur, ni la raison:
L'vn ne me permet plus de cacher mes pensées,
L'autre ne peut souffrir ses actions passées,
Et force tout le monde, apres tant de forfaits,
A blasmer & haïr celuy qui les a faits:
Les sentiments du peuple, & les miens sont sembla-
     bles
Suiuons les hardiment puisqu'ils sont raisonnables,
Plaignons nous du Tyran, mais plaignõs nous tout haut;
Vne vertu muette est vn demy deffaut,
Ne craignons point à perdre vne vie importune,
Pourueu qu'en la perdant nous perdions sa fortune;
Et puis qu'ayant vescu, nous l'auons veu plain d'heur,
Tâchons par nostre mort d'abaisser sa grandeur,
Forçons ses cruautez à nous oster la vie,
Suscitons luy par là des maux & de l'enuie,
Et faisons que les Dieux esueillent leur courroux
Par le crime nouueau qu'il commettra sur nous.

                                   C iij

ELISE.

Ah! détournent les Dieux cét accident funeste!
Vous estes auiourd'huy l'espoir seul qui nous reste,
Menagez vostre humeur, conseruez vos beautez,
Et vous verrez la fin de nos calamitez:
Madame, vous sçauez à quel point il vous ayme.

MEGISTE.

Iuge, iuge par la de mon malheur extreme.
Voy que la passion qu'il tesmoigne auiourd'huy
Est vn puissant motif pour croistre mon ennuy:
Son amour est fatal à celles de ma sorte,
Il degenere en haine, & la fureur l'emporte,
Quand suiuant le deuoir & les loix de l'honneur,
Nostre froideur resiste au feu d'vn suborneur:
Il traite la vertu comme vne criminelle,
Il veut flestrir l'esclat qu'il reconnoist en elle,
Parce que ses beautez font voir trop clairement
La laideur de son vice & son dereglement.

ELISE.

Sçachant que ses desseins sont tous illegitimes,
Ie ne suis pas d'humeur pour excuser ses crimes:
Mais ie n'ay point encor ce me semble entendu
Qu'à quelqu'autre qu'à vous son cœur se soit rendu;

Vous estes seule icy qui charmez sa franchise.

MEGISTE.

N'est-ce pas faire vn crime, alors qu'on l'authorise ?
Et qu'au lieu de punir quelque noire action,
On prend le criminel en sa protection ?
Ne te souuient il plus comme quoy le perfide
Sceut conseruer Lucie apres son homicide,
Quand ce lache ennemy de la pudicité
Tua ma sœur vnique auec impunité,
Et qu'au lieu de punir ce monstre abominable
Il en fit plus de cas, plus il le vit coupable ?
Tu sçais qu'il dit tout haut que ma sœur auoit tort,
Que son indifference auoit causé sa mort,
Que Lucie auoit fait ce qu'il eust fait luy mesme :
Adioustant pour excuse à ce forfait extreme,
Qu'il faut estre cruel quand on est mesprisé,
Et qu'il faut perdre vn bien qui nous est refusé,
Plustost que de souffrir qu'vn autre le possede.
Pouuons nous dans nos maux esperer du remede ?
Peut-il plus clairement prononcer nostre Arrest ?
Non, non ; n'en doutons plus, nostre trespas est prest,
Et cette iniuste mort qu'il excuse en vn autre,
Est le signe fatal qui precede la nostre.

ELISE.

Madame, vous craignez vn peu legerement,
Il a trop d'amitié pour vous.

MEGISTE.

Luy? nullement.
L'amitié n'eut iamais de place dans son ame:
C'est la brutalité qui meut ce cœur infame,
Et cette dereglée, & vague paſſion,
S'eſtant iointe à l'excez de ſon ambition,
Luy fait imaginer que quoy qu'il ſe propoſe,
Il peut impunement vſurper toute choſe.
C'eſt la ſeule raiſon qui la touſiours porté
A ſuiure aueuglement ce qu'il a proietté,
Depuis que ſa puiſſance iniuſte & tyrannique
Chaſſa les gens de bien hors de la Republique,
Et que mon cher Espoux pour combler noſtre ennuy
Ne pût en s'enfuyant, m'emmener auec luy.
Le Tyran pour punir ceſte honorable fuitte,
Deſigne en meſme temps ma mort par ſa pourſuitte,
Il feint d'eſtre amoureux de ces traits effacez,
De ce reſte importun de mes ennuys paſſez,
Il feint que mes beautez ont touché ſon courage,
Mais ce n'eſt en effet qu'vn pretexte à ſa rage,

Afin

Afin que refusant ce qu'il semble m'offrir,
Il ayt plus de suiet à me faire mourir.
Qu'il haste donc ma mort puis qu'elle est si certaine,
Ma resolution espargnera sa peine,
Ie protestay d'abord que ie le haissois,
Ie ne changeray point le dessein que i'auois,
Ie le proteste encor, ie deteste son crime,
Et i'ayme mieux souffrir la mort, qu'Aristotime.

ELISE.

Madame, ie sçay bien qu'vn si noble courroux
Est digne du grand cœur que l'on remarque en vous,
Que vostre hayne est iuste, en ce qu'elle se fonde
A hayr vn obiet funeste à tout le monde,
Et qu'vne femme ayant vn mary glorieux,
Qui veut les separer luy doit estre odieux.
Mais dans le triste estat où ie vous voy reduitte,
Vostre mespris auroit vne cruelle suitte,
Aristotime est homme à ne rien espargner,
Et croyant qu'il peut tout, puis qu'il a pû regner,
La moindre cruauté qui suiura son enuie,
Sera de vous rauir l'honneur auec la vie.
Rien pourra t'il apres retenir sa fureur
Quand elle aura commis ce crime, & cette herreur?
Non, non, elle agira par vn effort inique
Sur les iours innocens de vostre fils vnique,

D

Elle employera le feu, le fer, & le poison,
A perdre absolument toute vostre maison,
Et comme vn fier torrent on la verra s'espandre
Sur tous les oppressez qui voudront se deffendre.
Vn nüage si noir estant prest de creuer,
Vn mal si fort à craindre estant prest d'arriuer,
Pourriez vous refuser à nostre iuste crainte
Vn peu de complaisance ? vn moment de contrainte?
De vous seule auiourd'huy dépend le commun bien,
Resoluez vous, Madame, & ne hazardez rien.

MEGISTE.

La crainte, & l'amitié te conseillent ensemble :
Mon interest t'est cher, mais ton courage tremble,
Tu ne preuois les maux qu'auec estonnement,
Et la timidité trouble ton iugement :
Chasse bien loing la peur qui refroidit ton ame,
Suy les hauts sentiments dont la mienne s'enflame,
Voy qu'elle iuste ardeur i'excite dans mon sein,
Et iusques où l'honneur va porter mon dessein,
Afin qu'en m'imitant, tu perdes cette enuie,
Et ce lasche desir qui t'attache à la vie.
Ie sçay que ie refuse vn esprit insolent,
Vn Tyran, vn Barbare, vn monstre violent,
Qui veut ou posseder, ou perdre ma personne,
Mais n'importe; ie fay ce que l'honneur m'ordonne;

Ie veux le refuser, parce que ie le doy,
Ie n'apprehende point pour mon fils, ni pour moy,
Et bien qu'vn tel refus soit sa perte, & la mienne,
Le peril toutefois n'a rien qui me retienne,
La peur ne me rend point l'esprit plus abatu,
On doit mourir content mourant pour la vertu,
Et mon fils ne sçauroit employer mieux sa vie,
Qu'en la sacrifiant au bien de la Patrie.
Pourquoy donc fuirions nous par vne lacheté,
Ce chemin qui conduit à l'immortalité?
Non, non, rentre en toy mesme, & voy dãs quelle gloire,
Les siecles auenir mettront nostre memoire;
Repens toy d'auoir craint dans vn danger si beau,
Nos destins en effet creusent nostre tombeau;
Mais dans la peine aussi qui nous est preparée,
Nous aurons vn bonneur d'eternelle duree;
Le temps qui fait vieillir les moindres actions,
Conseruera tousiours nos resolutions,
Il aura du respect malgré sa ialousie,
Pour cette illustre mort que nous aurons choisie,
Et ce vieil ennemy de tant d'effets diuers,
Ne perdra nostre nom qu'en perdant l'Vniuers.
Mais sa fille s'auance, & ie remarque en elle,
Du malheur qui nous suit vne preuue nouuelle:
Elle vient derechef pour tenter mon deuoir,
Elle perdra sa peine, allons la receuoir.

D ij

SCENE II.

MYRONE. MEGISTE. ELISE. PHILINTE.

MYRONE.

Puis-je vous visiter, sans vous estre importune?

MEGISTE.

Gardez le nouueau rang où vous met la Fortune:
Vostre bon-heur visible & mes tristes ennuys
Doiuent faire haïr tous les lieux où ie suis:
Le destin vous esleue auecques trop de pompe,
Et mes malheurs....

MYRONE.

Souffrez que ie vous interrompe,
Et que ie blâme icy le rude sentiment,
Dont mon affection s'offence iustement.
Ie ne sçaurois nier que le sort ne m'enuoye
Dequoy combler vn cœur d'vne parfaicte ioye,

Vn succez bien-heureux preuient tous mes desirs,
Il semble que le Ciel trauaille à mes plaisirs,
Et qu'il veüille espargner à mon ame assouuie,
Par les biens qu'il luy fait, l'esperance & l'enuie.
Mais quoy que mon bon-heur semble bien affermy,
Ie ne me tiens pourtant heureuse qu'à demy,
Ie sens vostre tristesse, & mon esprit partage
Le chagrin qui paroist dessus vostre visage.

MEGISTE.

Ie suis fort obligée à cette affection
Qui porte vostre esprit à la compassion.
Mais aussi ma tristesse est-elle pas à plaindre?
Elle est comme le feu qu'on ne sçauroit esteindre,
Qui consume d'abord tout ce qu'on a ietté
Pour seruir d'aliment à son actiuité,
Et qui plus prompt apres que le trait qu'on décoche,
Se lance auec fureur sur tout ce qui l'aproche.
Ces funestes effets que causent mes malheurs,
Ma tristesse importune & mes iustes douleurs,
Ont exercé sur moy leur rigueur infinie,
Ils veulent plus auant porter leur tyrannie,
Ils veulent se seruir de mon triste entretien
Pour toucher vostre cœur ayant vaincu le mien:
Trompez en me fuyant leur malice aprouuée,
Laissez moy dans les soings où vous m'auez trouuée,

Retournez dans la ioye, & gouftez à loifir,
La pureté du bien que donne le plaifir.

MYRONE.

Confiderez à quoy voftre intereft m'oblige:
Dans mes plus grands plaifirs il faut que ie m'afflige,
L'eclat d'Ariftotime auec tout fon pouuoir,
Me femble encor trop foible, & ne peut m'efmouuoir,
Vn fentiment plus fort s'oppofe à fa puiffance,
Et l'inclination combat l'obeiffance:
Ouy, ie fens que mon cœur fe partage à moitié,
Dont l'vne fuit le fang, & l'autre l'amitié;
L'vne eft à la nature, & l'autre luy refifte;
L'vne agit pour mon Pere, & l'autre pour Megifte;
Tellement que l'effort de ces deux paffions,
Balance efgallement mes refolutions.
Appaifez le defordre où vous mettez mon ame,
Puis que vous le pouuez & sans honte & sans blâme.

MEGISTE.

S'il eft en mon pouuoir, croyez affeurement
Que ie procureray voftre contentement
Mais que puis-je en l'eftat ou le fort ma reduitte?

MYRONE.

Mon Pere vous adore, aprouuez fa pourfuitte,

Et donnez à la fin vn traitement plus doux
A la puiſſante ardeur qu'il teſmoigne pour vous.
Penſez que c'eſt à tort que voſtre eſprit s'irrite,
Puis qu'il a dans les mains vn Sceptre qu'il merite,
Et que tous les projets qu'il conçoit aujourd'huy
Se font viſiblement plus pour vous que pour luy.
La Couronne eſt charmante, & l'eſclat qu'elle enuoye,
Nous esbloüit les yeux, & nous comble de ioye;
Le Trône qui nous place au ſommet du bon-heur
N'entretient nos eſprits que de gloire & d'honneur;
Et le bandeau royal, dont l'eſtreinte eſt ſi forte,
Occupe tout le cœur quand la teſte le porte.
Toutefois pour monſtrer quel pouuoir vous auez,
Mon Pere hayt ces biens qui luy ſont reſeruez,
La Couronne ſans vous, le charge, & l'importune,
Le Troſne eſt vn cercueil où le met la Fortune,
Et le bandeau qu'on prend auec la Royauté,
N'eſt qu'vn triſte lien qui le tient arreſté.
Auſſi, pour faire voir combien il vous eſtime,
Son cœur n'eſt point eſpris que d'vn feu legitime,
Il vous offre ſa couche auec ſumiſſion,
Parce que ſa grandeur cede à ſa paſſion,
Et que le ſeul pouuoir de vos beautez s'oppoſe
Au pouuoir abſolu qu'il a ſur toute choſe.
Menagez ſagement vn charme ſi puiſſant,
Redonnez le repos à ce Roy languiſſant,

Et preuenez l'effort qu'vn Souuerain peut faire,
Quand vn refus iniuste attire sa cholere.

MEGISTE.

Vous parleray ie encor comme à celle autrefois
Qui m'a si fort cherie, & que ie cherissois,
Qui condamna d'abord ces pratiques funestes
Que nos derniers malheurs rendent si manifestes,
Et qui blâma son Pere apres cet attentat
Qui le fit laschement s'emparer de l'Estat?
Non, ie ne le doy point, sa fortune nouuelle
Assoupit la vertu qu'on remarquoit en elle:
Son cœur n'est plus touché que de l'ambition,
Qui corrompt à la fin son inclination,
Et le reste impuissant de nostre intelligence
Vient inutilement assaillir ma constance.
Quoy! croiroit on iamais qu'apres tant d'amitié,
Vous eussiez eu pour moy cette iniuste pitié?
Et qu'en mon infortune, vne personne amie,
M'eust voulu conseiller la honte, & l'infamie?
Espouser vn Tyran? oublier vn mary,
Que tous les gens de bien & la Grece ont chery?
Qu'on voit si vaillamment au pied de nos murailles,
Chercher nos libertez ou bien ses funerailles?
Et qui sans reflechir vers son propre interest,
Se donne à sa Patrie, & fait ce qu'il luy plaist?

Quitter

Quitter Timoleon pour prendre Aristotime?
C'est laisser la vertu pour embrasser le crime,
C'est chercher par un acte infame & solemnel
Dequoy noircir son nom d'un reproche eternel;
Mais refuser un Trosne esleué par le vice,
C'est euiter l'appas d'un pompeux precipice;
C'est courir à la gloire, & fuïr un cercueil,
Où la Fortune en fin ensevelit l'orgueil.

MYRONE.

Voulez vous mespriser tout ce qu'il vous presente?
Cette humeur, apres tout, est trop indifferente,
Demandez quelque chose, & ne l'aigrissez pas.

MEGISTE.

Ie ne veux rien de luy si ce n'est le trespas,
C'est l'unique present qu'un Tyran puisse faire,
Et qui doit contenter & la Fille, & le Pere.

MYRONE.

Que vous estes cruelle & pour elle & pour luy!
Ce mespris va t'il pas augmenter son ennuy?
Et moy, qui vous cheris à l'esgal de moy-mesme,
Puis ie vouloir la mort à Megiste que i'ayme?
Ah! que n'osay-je icy vous dire librement
Les importants secrets de mon ressentiment,

E

Que ne vous puis ie ouurir le fond de ma pensée,
Vous verriez aisément à quoy ie suis forcée,
Et que pour contenter mon Pere & mon Espoux,
Ie combats la vertu que ie respecte en vous.
Ie m'en vay les trouuer, mais perdez l'esperance :
Adieu : ce mot laché m'impose le silence.

MEGISTE.

Mais perdez l'esperance ! & que puis-je esperer
Apres le traittement qu'il me fait endurer ?
Il me tient prisonniere, il menace, il me presse :
Peut on traitter personne auec plus de rudesse ?
Mais qu'il face encor pis s'il est en son pouuoir,
Ie veux suiure tousiours l'honneur, & mon deuoir.

SCENE III.

CYLON. ANAXANDRE.

CYLON.

IE vay donc faire armer vos soldats & les noſtres.

ANAXANDRE.

Ouy, que l'on tienne preſts & les vns & les autres.
Pour moy, ie reſte encor vn moment en ce lieu,
Afin de voir ma femme, & de luy dire Adieu.
Elle ſort de la Chambre où l'on retient Megiſte.

SCENE IV.

ANAXANDRE. MYRONE.

ANAXANDRE.

Madame, qui vous cause vn visage si triste ?
Quoy ! dedans le bon heur qu'on espere auiour-
Pouuez-vous iustement conceuoir de l'ennuy ? (d'huy,
Nous sommes arriuez en l'heureuse iournée
Où la guerre à la fin doit estre terminée,
Les Dieux l'ont resolu, le conseil en est pris,
Cependant la tristesse occupe vos esprits ?

MYRONE.

Que Megiste me touche ! & que son infortune
Fait esclater en elle vne ame peu commune !
Iamais vn cœur ne fut plus hardy que le sien,
Car bien qu'on le menace, il n'aprehende rien,
Au contraire, malgré les âuis qu'on luy donne,
Sa fermeté surprend, & sa vigueur estonne.

ANAXANDRE.

Qu'à cela de commun auec voſtre chagrin?

MYRONE.

Puis-ie voir tant d'effets ſans en craindre la fin?
Et le Ciel verra t'il Megiſte & ſes miſeres,
Sans former des deſſeins contre ceux de nos Peres?
Craignons, cher Anaxandre, & pour eux, & pour nous

ANAXANDRE.

C'eſt inutilement redouter leur courroux.
Noſtre proſperité vous doit faire conoiſtre
Qu'il nous conſeruera le bien qu'il nous fait naiſtre,
Outre que de penſer que ce bien ſoit flottant,
C'eſt commettre vn blaſpheme, & le croire inconſtant.
Chaſſez de voſtre eſprit cette crainte nouuelle.
Ie m'en vay cependant où ma charge m'appelle,
Mes ſoldats vont ſurprendre & vaincre l'ennemy,
Dautant plus aiſément qu'il doit eſtre endormy.

MYRONE.

Et moy tout de ce pas ie vay dire à mon Pere
Que Megiſte le hait, & qu'il ne luy peut plaire.

ANAXANDRE.

Adieu le seul obiet de mes chastes desirs.

MYRONE.

Ie ne vous voy partir qu'auec des deplaisirs.
Et quelque fermeté que mon cœur se propose,
Ie succombe au chagrin dont i'ignore la cause:
Ne songez seulement qu'à vous bien menager,
Puis qu'en vous hazardant, ma vie est en danger.

Fin du deuxiesme Acte.

ACTE III.

SCENE PREMIERE.

HELLANIC. MEGISTE. ARISTON.

HELLANIC.

'EST un point necessaire où ma charge
m'engage.

MEGISTE

Il vous a donc choisy pour cè honteux message ?

HELLANIC.

Il s'est seruy de moy pour vous faire sçauoir
Qu'il vous attend tous deux.

MEGISTE.

Il faut donc l'aller voir.
Allons, mon cher enfant , visiter ce Barbare.
Mais verras-tu sans peur la mort qu'il nous prepare?
Ne trembleras tu point en ce dernier instant ?
Auras-tu l'ame ferme ? & seras tu constant ?

HELLANIC.

S'il vous faisoit venir comme ses aduersaires ,
Ces resolutions vous seroient necessaires ,
I'aurois accompagné mon discours de mes pleurs ,
Et loüant vos proiets , i'aurois pleint vos malheurs.
Mais vn dessein contraire occupe sa pensée :
Vos yeux lancent des traits dont son ame est blessée ,
Vos appas l'ont charmé , vos beautez l'ont surpris ,
Son cœur , sous qui tout tremble , à peur de vos mépris ,
Vous seule auez fait voir qu'il n'est pas inuincible ,
Vous estes tousiours belle , il est tousiours sensible ,
Et le Ciel iustement semble auoir ordonné ,
Que vous eussiez enfin vn Captif Couronné.

MEGISTE.

Ah! la plus impreueuë , & la plus importune
Des persecutions dont se sert la Fortune !
Ah! de tous mes malheurs le plus à redouter !
On m'esleue à dessein de me precipiter,

On

On masque l'attentat où ie suis destinée,
Du pretexte d'amour, & du nom d'Hymenée,
Et comme vne victime, auant le coup mortel,
On veut que ie m'incline à cét infame autel,
On veut que ie respecté vn Tyran qui m'opprime,
Et que Megiste eschappe à la faueur du crime?
C'est trop peu me cognoistre, & c'est trop s'abuser,
Il peut tout entreprendre, & moy tout mespriser.

HELLANIC.

Mais l'éclat des grandeurs n'a t'il rien qui vous touche?
Voulez vous tousiours suiure vne vertu farouche,
Qui fait que vostre esprit en ceste extremité
S'oppose iniustement à la necessité?
Et fermez vous les yeux au peril manifeste,
Où vous conduit l'effet d'vn dessein si funeste?

MEGISTE.

Et vous, que iusqu'icy i'auois crû genereux,
Et prudent ménager d'vn temps si malheureux;
Qui cachiez, ce sembloit, d'vne belle apparence
L'abaissement honteux de vostre defference;
Pouuez vous me tenir vn si lasche discours?
Deuenez vous sans cœur sur la fin de vos iours?
Et vous laissez vous vaincre à la peur que ie blâme,
Moy qui deurois tout craindre, & qui suis vne femme?

F

Ah! changement blâmable! ah courage abatu!
Qui languit sous le vice, & qui fuit la vertu!
Foible, & lache declin d'vne honorable vie;
Vieillesse intimidée, aussi bien qu'asseruie,
Qui dans le deshonneur qu'elle a voulu souffrir,
Persuade de viure, & deffend de mourir:
Proposez vos conseils à quelque ame craintiue,
La mienne ne l'est pas quoy que ie sois captiue,
Le cœur vrayement constant suit tousiours la raison,
Et l'esprit resolu n'est iamais en prison.

HELLANIC.

Portez encor plus haut ceste illustre cholere.
L'erreur ou i'ay tombé, vous oblige à le faire:
I'ay crû que vostre esprit n'estant pas affermy,
Il failloit seulement l'estonner à demy.
I'ay voulu donc tenter sa vigueur, & sa force,
Par tous les plus grands biens dont vne ame s'amorce;
I'ay combatu d'abord sa resolution
Par l'amour, par l'éclat, & par l'ambition:
Mais ie voy que l'Amour n'est qu'vn charme inutile;
Que l'esclat n'esblouit qu'vne ame abiecte, & vile;
Et que l'ambition n'enfle iamais vn cœur
Qui de la Vertu seule emprunte sa vigueur.

MEGISTE

Vous croyez amoindrir vostre faute passée,
Conformant vos discours auecques ma pensee :
Vous feignez de regler vos sentiments aux miens,
Approuuant ma conduite, & l'ordre que ie tiens :
Mais pourquoy vous forcer à cette complaisance ?
Ay-je trop de foiblesse ? ou trop peu de constance ?
Et vous ay-je fait voir, quand vous m'auez parlé,
Que la peur m'ait rendu le visage troublé ?

HELLANIC.

Au contraire, Madame, il faut que ie confesse
Que la constance mesme auroit plus de foiblesse,
Et que vostre courage esgalle vos malheurs…

MEGISTE.

Acheuez : c'est en vain que vous versez des pleurs ;
Ils ne me diront pas les maux qu'on me prepare,
Il faut que vostre bouche en fin me les declare :
Redoutez vous si fort à m'en entretenir ?

HELLANIC.

Madame, ils sont si grands qu'il faut les preuenir.

F ij

MEGISTE.

Et bien, preuenons les.

HELLANIC.

Mais tout ce qui m'afflige,
C'est la dure contrainte où ie voy qu'on m'oblige,
Et qu'au point pitoyable ou lés Dieux vous ont mis,
Vous receuiez la mort de vos meilleurs amis.
Voila, Madame, enfin l'espoir seul qui vous reste.
Mais comme puis-je offrir vn present si funeste?
Et de quels mouuements me sens-je combatu,
Ouurant le precipice où va cheoir la vertu?

MEGISTE.

Acheuez hardiment ce que l'on vous commande,
Qui souffre d'estre pleint fait voir qu'il aprehende,
La pitié dans les maux qu'on ne sçauroit changer,
Amoindrit la constance, & non pas le danger,
Et la compassion dans le moment qui tuë,
Ne sçauroit consoler qu'vne ame irresoluë.

HELLANIC.

Madame, vn sens contraire...

MEGISTE.

Ah ! ne tesmoignez pas
Qu'à regret vostre main me donne le trepas;
Il faut qu'elle responde à cette iuste enuie
Qui me porte à haïr & detester la vie.

HELLANIC,

Ie veux...

MEGISTE.

Quoy ? me resoudre à mourir constamment ?
Ou bien vous excuser sur le commandement,
Et sur l'ordre cruel de vostre iniuste Prince,
Qui m'immole au salut de toute la Prouince ?
Direz vous que c'est luy qui conduit vostre main ?
Et bien soit, Ie le croy: Contentez l'inhumain,
Percez, percez ce cœur; assouuissez sa rage,
Et me iettez au port par vn noble naufrage.

HELLANIC,

Iugez plus sainement de mes intentions,
Vostre pensée adiouste à mes afflictions,
Puisque vous soupçonnez qu'vn Citoyen d'Elide
Soit deuenu Ministre, & bourreau du perfide.

Ie vous offre vn poignard, & ce don en effet
Accuse apparamment celuy qui vous le fait;
Toutesfois c'est vn don qui doit vous estre vtile,
Luy seul vous peut seruir de deffence & d'azile,
Et croyez le vn present, quoy que plain de pitié,
Digne pourtant de vous, & de mon amitié.
Le Tyran qui vous mande à cette heure suspecte,
Ne fait pas voir par là que son cœur vous respecte;
Son amour m'espouuante, & ie deuine mal,
Ou ce Monstre à conçeu quelque dessein brutal:
Il s'est serui de moy, sçachant que la vieillesse
M'a seulement laissé la voix & la foiblesse,
Et que s'il entreprend de forcer vos appas,
Ie puisse voir son crime, & ne l'empescher pas.
Voila ce qui m'oblige à vous donner des armes
Qui doiuent arrester ses plaisirs, & vos larmes;
Tournez les contre vous, & dans l'extremité
Faites vne vertu de la necessité.

MEGISTE.

Quoy? de ma propre main mettre fin à ma vie?
Ouy, mon cœur y consent, mon honneur m'y conuie,
Et tout le monde sçait que la crainte, & l'effroy,
N'ont iamais retenu mes actions, ni moy.
Si i'ose toutesfois vous dire ma pensée,
Ie crains que ma vertu ny soit interessée,

On me croit genereuse, on dit que i'ay du cœur,
Mais qui fuit du combat tesmoigne qu'il a peur;
Qui meurt pour éuiter quelque illustre disgrace,
Meurt en lache, fait voir combien son ame est basse.
Se desrobe au peril où l'on doit s'engager,
Et par vne infamie, il preuient le danger.

HELLANIC.

Perdez ce faux soupçon, & cette iniuste crainte.
Selon vos sentimens l'Ame seroit contrainte,
Et l'Esprit que les Dieux creent en liberté,
Agiroit en captif, & seroit arresté.
Le Ciel vous a donné la vie & le courage :
Si l'vne vous deplaist, l'autre vous en degage,
Et pour rendre ce don absolument parfait,
Mille moyens diuers en procurent l'effet.
Il en faut choisir vn, quand l'infortune presse,
Qui soit sans lacheté, qui n'ait point de foiblesse,
Et qui face paroistre en ce dernier effort,
Qu'vn cœur mesprise tout, qui mesprise la mort.
Vous voyez à quel point le sort vous a reduite ;
Vous soustraire au malheur n'est pas vous mettre ensuite;
Si le Tyran s'efforce à vous faire vn affront,
Il vaut bien mieux mourir par vn coup noble & prompt,
Qu'allonger vostre vie, & faire voir en elle,
D'vne vertu timide vne preuue eternelle.

MEGISTE.

Vous aurez peu de peine à me persuader.
Dans l'extreme peril il faut tout hazarder,
Et la vie à mon gré me semble trop fascheuse,
Pour reietter l'aduis qui me doit rendre heureuse.
Acheuons donc nos iours par vne belle fin;
Allons nous affranchir des rigueurs du destin;
Et puis qu'il n'est plus temps d'esperer, ni de craindre,
^{end le} *N'esperons qu'en ce fer, & mourons sans nous plaindre:*
^{ard.} *Allons nous perdre aux yeux du monstre qui m'attend,*
Ma mort luy rauira le butin qu'il pretend.

SCENE II.

ARISTOTIME.

CE Demon diligent qui veille a ma fortune,
Poursuit à m'obliger sans que ie l'importune.
Depuis que sa faueur m'a donné des Sujets,
Vne fin bien heureuse acheue mes projets,
Rien ne peut obscurcir l'esclat qui m'enuironne,
I'oste, & donne la vie alors que ie l'ordonne,

Et la

Et la seuerité qui ne sied bien qu'aux Roys,
Est le Ministre seul qui fait garder mes Loix.
La Patrie à la fin fleschit sous ma contrainte,
Ceux là sont criminels qui m'aprochent sans crainte;
Et de ce nouueau trône, ou mes Dieux m'ont placé
Ie ne voy point de chef qui ne soit abaissé.
Megiste seulement s'oppose à ma puissance,
Et pour authoriser sa desobeissance,
Quelque Demon ialoux de mes prosperitez,
A soumis iusqu'icy mon cœur à ses beautez.
Mais il est temps en fin que mon pouuoir esclatte:
Ie suis Prince amoureux, elle est sujette ingratte,
Et puis qu'elle mesprise vne homme tel que moy,
Monstrons luy qu'elle est femme, & que ie suis son Roy.
Mais elle entre. Quels yeux! & qu'vn si beau visage
Esbransle puissamment le plus ferme courage!
Ie veux encor vn coup essayer la douceur,
Et puis la force apres, m'en rendra possesseur.

SCENE III.

ARISTOTIME. MEGISTE. HELLANIC.

ARISTON.

ARISTOTIME.

PVissant charme des cœurs, insensible merueille,
Prestez à mon discours, & l'esprit & l'oreille,
Regardez sans mespris vn Prince malheureux,
Autant haï de vous qu'il en est amoureux :
Qui malgré la froideur dont vous payez sa flame,
Vous a iusques icy fait regner dans son ame,
Et qui vous offre en fin si vous le souhaittez,
Vn trône qu'il occupe & que vous meritez.
C'est ce qui doit finir cette guerre importune,
Car vostre inimitié s'oppose à ma fortune,
Et comme si le Ciel n'agissoit que pour vous,
Il n'ose l'acheuer vous voyant en courroux.
Quittez cette cholere, afin que la prouince
Iouïsse du repos que luy promet son Prince,

Deuenez plus sensible, & pour elle, & pour luy,
Finissez ses malheurs, finissez mon ennuy,
Et perdant à la fin cette vertu farouche,
Partagez auec moy ma couronne & ma couche.
Megiste est le seul bien où mon ame pretend.

MEGISTE.

Que i'entre dans vn lit que l'honneur me deffend ?
Que ma teste se charge & porte vne couronne
Qui tient ma ville esclaue, & que le crime donne ?
Ah ! l'on verra plustost le soleil arresté,
La mer sans inconstance, & le iour sans clarté,
Ou pour dire encor plus, le cœur d'Aristotime
Sans d'infames desirs, & son ame sans crime.
Iniuste ambitieux, ne vous suffit il pas
Que ma sœur par vostre ordre ait souffert le trespas,
Qu'on ait mis mon espoux & ses amis en fuitte,
Qu'on voye en quel estat la Patrie est reduite,
Sans que vous acheuiez par de plus grands forfaits
De vos intentions les funestes effets ?
Si vostre tyrannie a fait des miserables,
Pourquoy tâcher encor a les rendre coulpables ?
Emprisonnez leurs corps, accablez les de fers,
Augmentez s'il se peut les maux qu'ils ont soufferts,
Mais laissez leur au moins l'honneur & l'innocence
Qui doit interesser le Ciel à leur vengeance.

ARISTOTIME.

Ah ! ne me tenez plus de semblables propos.
La suitte pourroit bien troubler voſtre repos,
Ie vous ayme, il eſt vray, vous le ſçauez Madame,
Mais on hayt à la fin celuy qui nous diffame,
Le meſpris continu finit l'affection,
Et l'extreme froideur eſteint la paſſion.
Or quoy que le Deſtin m'ayt imprimé les marques
Que l'on voit eſclater ſur le front des Monarques,
Et qu'eſtant Souuerain, ie doiue ſeulement
Regler mes actions ſur mon ſeul mouuement ;
Ie veux bien toutefois iuſtifier la flame
Que vous recompenſez de meſpris & de blame,
Mon Sceptre, dites vous, force toutes les Loix :
Mais voſtre eſpoux à fuy voyant que ie regnois,
Et ceux, qui comme luy, n'ont pû ſouffrir ma gloire,
Apellent mes deſſeins vne laſcheté noire,
Vn iniuſte attentat, vn Tyrannique effort,
Ont fait vn corps d'armée, & conſpiré ma mort.
Vous eſtonnez vous donc ſi ie taſche à deffendre
Ces biens qu'ils m'ont quittez? ces murs qu'ils veulent
Et ſi pour amortir ma flame & leur eſpoir, (prendre?
Ie pretends à Megiſte, & m'efforce à l'auoir?
Iugez de mon reſpect par l'ordre que i'obſerue,
Et voyez quel pouuoir mon amour vous reſerue,

Puisque dedans l'ardeur du feu qui vit en moy,
Ie vous parle en Amant, pouuant parler en Roy?

MEGISTE.

Cét iniuste discours qui frappe mon oreille,
Fait glisser dans mon ame vne horreur nompareille.
I'ay veu sans m'estonner, & sans verser des pleurs,
Vos excez, ma prison, la guerre, & nos malheurs,
I'ay veu le dueil public, qui couure la Patrie,
I'ay veu ses Loix sans force, & sa gloire flestrie,
I'ay veu ce grand desordre, & ce funeste estat
Où la plongée en fin vostre iniuste attentat;
I'ay veu (punissez moy Ciel si ie me pariure)
Ouy, i'ay veu tous ces maux sans plainte & sans mur-
Sçachant que les Destins par vn decret fatal,   [mure
Font succeder au bien l'amertume & le mal;
Mais dans cét accident dont l'effort messpouuante,
Ma resolution se confesse impuissante,
Vos respects affectez me donnent de l'effroy,
Ie deteste l'Amour que vous auez pour moy,
Et preuoyant l'objet de vostre complaisance,
L'horreur que i'en conçoy surpasse ma constance.

ARISTOTIME.

L'objet de mon enuie est de vous espouser.

MEGISTE.

Malgré moy?

ARISTOTIME.

Malgré vous: ie puis authoriser
Ce dessein amoureux que mon cœur se propose,
Sur ce quelques Dieux ont fait la mesme chose.
Ces grands Maistres du Ciel n'ont ils pas autresfois,
Denoüé de l'Hymen les plus estroittes Loix?
C'est par où ma raison cherche à vous satisfaire;
Ce que les Dieux ont fait les Roys le peuuent faire.

MEGISTE.

Sacrilege pensée! homme impie & cruel!
Quoy que vostre dessein ne fust pas criminel,
Pouuez vous employer le loisir qui vous reste
A songer à l'amour dans vn temps si funeste?
Voulez vous esclairer vos impudicitez,
Des feux dont ce païs fume de tous costez?
Voulez vous que les cris que cause le carnage
Soyent le chant nuptial de nostre mariage?
Que le festin fatal qui suiura nos accords
S'apreste ou de massacre, ou du nombre des morts?
Et que parmy l'horreur & le bruit des alarmes
L'on y boiue à longs traits du sang auec des larmes?

ARISTOTIME.

Ah! c'est trop consulter sur vn point resolu;
Vous estes ma sujette, & ie suis absolu:
Ne deliberez plus sur ce que ie demande,
Et sçachez qu'il le faut, puis que ie le commande.

MEGISTE.

Il faut? malheureux! Il le faut? lache Amant!
Tu parles donc enfin selon ton sentiment?
Tu parles en Tyran? ton humeur se declare,
Impitoyable cœur? monstre infame? Barbare?
Confesse ingenuëment que tu te contraignois,
Dans les respects forcez que tu me tesmoignois:
Reprens, si tu m'en crois, ton naturel farouche,
La douceur & l'amour sonnent mal dans ta bouche,
Cét appetit brutal qui te pousse à m'aymer
Veut vn autre langage afin de s'exprimer;
Ne contrains plus le tien, tonne, esclate, menace,
Suy ton extreme orgueil, Suy ton iniuste audace,
Les Tyrans comme toy doiuent tousiours parler,
Moins pour se faire oüyr, que pour faire trembler.

ARISTOTIME.

Ces mots iniurieux lassent ma patience,
Et mon amour s'aigrit par vostre resistance:

Voyez encor vn coup ce que vous hazardez.
Obeiſſez, Madame, ou bien vous vous perdez.

MEGISTE.

Ie me perds ? Ah ! bons Dieux que ce diſcours m'oblige,
Que ie ſuis ſatisfaite !

ARISTOTIME.

Obeiſſez, vous di-je,
Autrement i'agiray comme vn Roy qui peut tout.

MEGISTE.

Ta cholere me plaiſt, pouſſe là iuſqu'au bout,
Sers toy de ce pouuoir que l'iniuſtice donne,
Saoulle toy de mon ſang, & vange ta Couronne,
Qu'auec impunité l'on m'a veu meſpriſer,
Et que ſi ie pouuois, on me verroit briſer.

ARISTOTIME.

Auecques tant d'orgueil vous n'eſtes plus à plaindre,
Et malgré mon enuie il faut vous y contraindre.

MEGISTE.

Ma reſolution ſe rit de ton effort.
Qui peut eſtre contraint fait voir qu'il craint la mort,

A quoy

A quoy peux-tu forcer vne ame resoluë ?
Arreste, Parricide, arreste, ou ie me tuë.

HELLANIC.

Sire ...

ARISTOTIME.

Qu'elle obeïsse.

HELLANIC.

Appaisez ce courroux
Il est indigne en fin d'vn homme tel que vous.

ARISTOTIME.

Punissons par le Fils l'offense de la Mere.

ARISTON.

Secourez moy, Madame.

HELANIC.

Ah ! que voulez vous faire ?

MEGISTE.

Escoute, escoute moy pour la derniere fois ;
Ie confesse tout haut que ie suis aux abois,

H

La constance à ce coup semble quitter mon ame,
Et ie sens viuement que ie suis Mere, & femme.
La nature, & mon sexe esbranslent mon deuoir,
Ie consens à sa mort, mais ie ne la puis voir,
Fay qu'ailleurs ta fureur le sacrifie aux Parques,
Et quand tu l'auras fait donne m'en quelques marques
Afin que n'ayant pû, ni dû le secourir,
Ie puisse auec ce fer, & le suiure, & mourir.

ARISTOTIME.

Non : si vous ne voulez contenter mon enuie,
Moy-mesme ie m'en vay sacrifier sa vie.

MEGISTE.

Es-tu capable encor de ce crime nouueau?
Tu parles en Monarque, & tu deuiens Boureau?
Tu fais le valeureux, & cependant, infame,
Cette valeur ne va qu'à forcer vne femme,
Qu'à tuer vn enfant qui ne se deffend pas,
Et qui resolument se presente au trespas.
Tu deurois t'obstiner à d'autres funerailles,
Timoleon t'appelle au pied de nos murailles,
Va combatre en braue homme, vn homme triomphant,
Sans suborner sa femme, & tuer son enfant.

ARISTOTIME.

Pour le defefperer, & pour punir fes crimes,
Sa femme & fon enfant feront mes deux victimes.

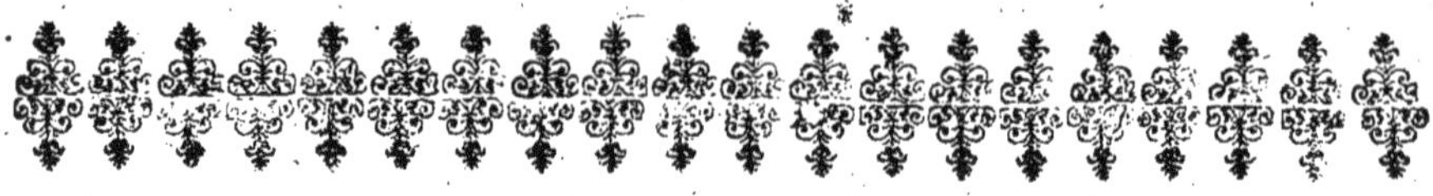

SCENE I.V.

TEANDRE. ARISTOTIME. MEGISTE.

HELLANIC. ARISTON.

TEANDRE.

AH! Sire fauuez vous, où vous eftes perdu.
On a furpris la ville, & chacun s'eft rendu:
Anaxandre eft deffait, fes foldats font en fuitte,
Timoleon luy-mefme, auec toute fa fuitte
Vient forcer le Palais & s'affeurer de vous.

ARISTOTIME.

Dieux qui l'auez fouffert ie vous puniray tous.
Mes gens tuez? la ville au pouuoir du Rebelle?
Ah! malheur impreueu! Remenez là chez elle,

H ij

Qu'on s'arme, qu'on me suiue, & qu'on meure auec moy.

MEGISTE.

Grands Dieux continuez sa crainte & son effroy!

Fin du Troisiesme Acte.

ACTE IV.

SCENE PREMIERE.

CLEONTE. LICASTE. ARISTO-TIME enchaisné. DEVX SOLDATS.

CLEONTE.

 VOY ? Ces desesperez brauent nostre
  puissance,
Et n'ayant plus de chef font encor resistance?

LICASTE.

Mesme Timoleon les vouloit espargner.

CLEONTE

Ah! puisque la douceur ne les a pû gaigner,
Il est iuste qu'ils soient les premieres victimes
Qui doiuent expier tant d'effroyables crimes.

LICASTE.

Les furieux qu'ils sont, veulent estre forcez.

CLEONTE.

Il faut les immoler à nos malheurs passez,
Et punir par leur mort cette entreprise altiere.
D'auoir osé choquer toute vne armée entiere.

LICASTE.

Sçauez vous qu'ils vendront cherement leur trespas?
Et qu'ils ont ce dessein?

CLEONTE.

Ouy, ie n'en doute pas.
Mais quelques grands efforts que leur desespoir fasse,
Il nous importe à tous de punir cette audace.

ARISTOTIME.

Ces malheureux font voir pour la derniere fois
Ce que peut la vertu qu'on reduit aux abbois.

Leur resolution n'est pas fort criminelle,
Leur serment les oblige à vanger ma querelle,
Et tant que ie viuray, leur courage, & leur foy,
Les tient sous ma puissance, & les attache à moy.
Mais i'ay quelque interest à leur sauuer la vie,
Denoüez par ma mort ce serment qui les lie,
Ruinez leur pretexte en me perçant le sein,
Et faites que ma perte estouffe leur dessein.
Ainsi chacun de nous aura ce qu'il souhaitte ;
Elide par vos mains se verra satisfaite,
Vous luy redonnerez des Soldats courageux,
Et ie mourray content pouuant mourir pour eux
Quoy ? chacun me regarde, & pas vn ne s'auance ?
Est-ce que vous voyez que ie suis sans deffence ?
Estce qu'estant chargé de fers & de malheur,
Ie doy trouuer ma mort dans ma seule douleur ?
Ou que vous me iugiez indigne de vos armes,
Parce qu'il m'est tantost eschappé quelques larmes ?
Ah ! perdez à la fin ce sentiment fatal :
Celles que ie versois ne me sieoient pas mal,
I'ay pleuré de courroux de m'auoir veu surprendre,
Sans auoir peu mourir, ou du moins me deffendre.
Ie me voulois bien perdre, & n'esperant plus rien,
Confondre auec plaisir vostre sang & le mien.

CLEONTE.

Vous auiez resolu de nous oster la vie?

ARISTOTIME.

N'en doutez nullement, c'estoit ma seule enuie,
Ne me voyant plus rien apres m'estre veu Roy,
I'eusse expiré content vous accablant sous moy:
Ouy, mon ambition se fust alors bornée
A la mort, qu'vn de vous en mourant m'eust donnée,
I'eusse adoré le coup, i'eusse baisé le bras,
Dont le dernier effort eust causé mon trespas,
Et mon ame eust sorty plainement satisfaite,
Ayant vangé sur vous ma honte & ma deffaite:
Hé quoy! ce que ie dy vous touche t'il si peu?
Consultez vous encor apres vn tel aueu?
Et considerez vous qu'en mourant d'autre sorte,
Vous perdrez le plaisir que la vengeance aporte?
Immolez moy vous mesme à vostre inimitié,
I'en mourray plus content, & plustost de moitié,
Et ne commettez aux mains de quelques autres,
Vn trespas assez beau pour meriter les vostres.

CLEONTE.

Ah! quand vostre trespas seroit en mon pouuoir,
Vne telle action choque trop le deuoir.

Ie suis

Ie suis vn ennemy que la fortune accable,
Plus il est abbatu, plus ie suis pitoyable,
Son malheur refroidit mon animosité,
Et s'en vanger alors c'est vne lascheté.

ARISTOTIME.

Que ma disgrace donc esmeuue vn peu vostre ame.
Moy qui suis reservé pour vne mort infame,
Et qu'on doit immoler par vn decret fatal,
A l'aueugle interest du courroux general;
Finissez mon malheur, sauuez d'ignominie
Ces importuns moments qui me restent de vie,
Noyez dedans mon sang mon crime & mes ennuys,
On doit m'aprehender en l'estat où ie suis,
Ce bizare Demon qui des Sceptres se joüe,
Pouuant me replacer au plus haut de sa roüe,
Ie puis me voir encor plus puissant que jamais,
Et me vanger alors des affronts qu'on m'a faits;
Elide deuiendroit apres tant de batailles,
Vn Theatre sanglant de tristes funerailles,
I'esteindois mon courroux dans mille esgorgements,
Rien ne s'oposeroit à mes ressentiments,
Ceux mesme à qui ma cheute est presque indifferente,
Esprouueroient d'abord ma fureur renaissante,
Et ma seuerité feroit bien voir alors
Qu'vn trône s'affermit sur du sang & des morts.

I

Preuenez ces horreurs, & ces cruels carnages,
Dont mon esprit aigry, vangeroit mes outrages.

CLEONTE

Quoy que vostre discours me deust intimider,
Mon ordre est trop exprez pour ne le pas garder:
Ma teste respondroit par vn honteux supplice,
Si mon bras vous rendoit ce funeste seruice.

ARISTOTIME.

Seuere & rigoureux obseruateur des Loix,
Violez leur respect pour cette seule fois:
Ce mespris sera iuste, & vous serez sans crime,
Me donnant par vos mains vne mort legitime.
Ie ne veux rien de vous que ie ne doiue auoir,
Tout ce que i'en desire est en vostre pouuoir,
Et pour dire encor plus, quelque honneur vous oblige
A me pousser vous mesme au trespas que i'exige:
Car quoy que le destin ait rompu mes desseins,
Quoy qu'il ait pû briser vn sceptre entre mes mains,
Et qu'il face d'vn trosne vn cercueil à ma gloire,
Il vous en a laissé toutefois la memoire:
C'est d'elle d'où i'espere en ce funeste estat:
Qu'elle vous represente auec combien d'esclat
La fortune a traitté mes proiets magnanimes,
Et qu'on m'a quelque fois immolé des victime

Derobez donc ma vie à la main d'vn bourreau,
Ie merite vn trespas moins honteux & plus beau,
Et quoy que le Demon qui m'abbat, en murmure,
La pitié vous y force, & ie vous en coniure.

SCENE II.

CLEONTE. PHÆDON. ARISTOTIME.

CLEONTE.

HE bien?

PHÆDON.

Ils sont deffaits , & malgré leurs efforts
Fort peu sont prisonniers , & tous presque sont morts:
Leur courage a paru dedans leur resistance,
Ils ont tenu long-temps la victoire en balance;
Et sans que le grand nombre a laissé leur valeur,
Nostre Demon sans doute eust espargné le leur.

ARISTOTIME.

Ah ! comble à ma disgrace ! ah nouuelle funeste !

PHÆDON.

Ie suis encor contraint de vous dire le reste :
Le conseil assemblé vous mande promptement,
Et nostre General preside au iugement.

ARISTOTIME.

Quoy ? que mon ennemy prononce ma sentence ?
Que Timoleon gouste à mes yeux sa vengeance ?
Qu'il triomphe de moy ? qu'il braue mes ennuis ?
Ah ! c'est trop me punir en l'estat où ie suis,
Ma perte doit suffire à sa cruelle ennie,
Sans trauerser le peu qui me reste de vie.

PHÆDON

Eust-il (comme il n'a pas) ce dessein contre vous,
Il faut vous y resoudre.

ARISTOTIME.

　　　　Et bien, resoluons nous.
Allons mesme affronter ce peril veritable,
Ie franchiray sans peur ce pas inéuitable,

Les apprests du supplice où ie suis destiné,
Ne rencontreront point vn esprit estonné,
Ie verray d'vn œil sec, & d'vne ame constante,
Sans paslir ni trembler, la mort pasle & tremblante,
Et sans m'abatre aux pieds d'vn superbe vainqueur,
Vous m'allez voir mourir comme vn homme de cœur.
Mais si i'osois encor dans ma triste auanture
Vous prier d'escouter la voix de la Nature;
Il me reste vne fille auec tous mes malheurs,
Souffrez moy de mesler mes larmes à ses pleurs,
Et qu'auant qu'on me meine où mon destin m'apelle,
Ie puisse l'embrasser & me plaindre auec elle.

PHÆDON.

Nous ne pouuons eucor vous accorder ce point,
Il nous est au contraire estroittement enjoint
De soustraire à vos yeux vn objet si sensible.

ARISTOTIME.

Ah Cleonte ! ah soldat !

PHÆDON.

Il nous est impossible;
Et bien loing d'endurer qu'elle vous vous die adieu,
Quoy que nostre ordre soit de la mettre en ce lieu,

Mes compagnons n' moy n'oserions l'y conduire,
Et noſtre charité ſeruiroit à nous nuire.

ARISTOTIME.

En fin?

PHÆDON.

Nous attendons que vous ſoyez ſorty.

ARISTOTIME.

De quel nouueau malheur m'auez vous auerty?
Le Ciel n'eſt pas content de me charger de chaiſnes?
Il augmente mes maux, par de nouuelles peines,
Il veut de plus en plus. . . . Mais c'eſt trop diſcourir
Le Ciel n'eſt qu'vn iniuſte; allons, allons mourir.

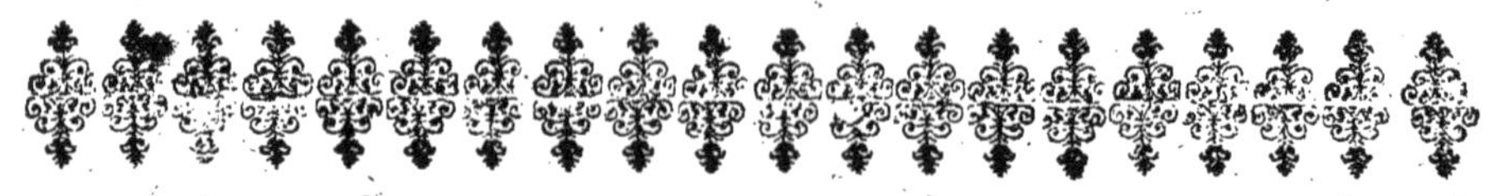

SCENE III.

PHILINTE. MYRONE. PHÆDON. SOLDATS.

PHILINTE.

A H ! *moderez Madame, vne douleur si forte.*

MYRONE.

N'interromps point son cours, il faut qu'elle m'emporte,
Et que sans t'escouter ni suiure la raison,
Ie succombe au malheur qui perd nostre maison.
Quoy ? mon Pere captif, & mon Espoux sans vie?
Contentez Dieux cruels, contentez vostre enuie,
Voyez s'il reste encor apres ces accidents
Dequoy ne pas saouller vos courroux euidents ;
Vous enseuelissez sous le debris d'vn trône
Le grand Aristotime , & le fils d'Antigone;
Ah ! que tous vos presents leur furent superflus,
Si l'vn est prisonnier , & si l'autre n'est plus.

PHILINTE.

Il eſt mort, il eſt vray : mais auec tant de gloire,
Que ſes ennemis meſme adorent ſa memoire,
Et confeſſent tout haut que l'on n'a iamais veu
Brauer plus hardiment vn malheur impreueu.
Ce glorieux aueu deuroit vous ſatisfaire.

MYRONE.

Ah ! qu'il me ſatisfait puis qu'il me deſeſpere:
Car ma douleur s'augmente au lieu de s'amoindrir,
Oyant de qu'elle ſorte il a voulu mourir.
Ah ! ſi ſa mort eſtoit vn coup de la fortune,
Ie me conſolerois, car la mort eſt commune,
Ie ſçay que tout le monde eſt ſuiet au treſpas,
Et que les plus heureux ne s'en exemptent pas.
Mais mourir ? mais mourir dans vne nuit ſi ſombre?
Sans voir qui l'aſſaſſine ? accablé par le nombre?
Trahi par ſes ſoldats, qui furent les premiers
A tuër laſchement cet honneur des guerriers?
Ah ! deſtins ! ah malheurs! ah diſgraces ſenſibles!

PHÆDON.

Madame, les vaillants ne ſont pas inuincibles,
Et luy que la fortune immoloit en ce lieu
N'en pouuoit eſchapper à moins que d'eſtre vn Dieu.
Sa mort

Sa mort asseurement estoit bien concertée.

MYRONE.

Vn bruit confus, & vray me la desia contée,
Et quoy que mille voix me l'ayent peut estre dit,
Chacun pour m'en trop dire, à troublé mon esprit.
Mais si pour satisfaire à ma tristesse extreme,
Tu voulois à present me la conter toy mesme,
Ie t'aurois à iamais vne obligation,
Aussi puissante, au moins, que mon affliction:
De grace donc d'y moy ceste mort glorieuse.

PHÆDON.

Vostre douleur, Madame, est trop ingenieuse,
Ceste histoire l'aigrit au lieu de l'apaiser.

MYRONE.

N'importe.

PHÆDON.

Mais...

MYRONE.

Hé quoy! veux tu me refuser?
Pour la derniere fois satisfay mon ēnuie:
Et bien que ce recit m'aille arracher la vie,

K

Fay moy, fay moy mourir en me le commençant.

PHÆDON.

Puisque vous le voulez, ie suis obeiſſant.
Vous auez deſia ſçeu que le Prince Anaxandre
S'eſtant imaginé qu'il nous venoit ſurprendre,
Et qu'il auoit pour luy la fortune, & la nuit,
Eſt ſorty de la ville en bon ordre, & ſans bruit:
Il n'eſtoit point encor à cent pas de la porte,
Quand Cylon, & ſes gens, qui luy ſeruoient d'eſcorte,
Ont fait alte d'abord, & s'eſtant parlez bas,
Ont ſuiuy d'aſſez loing le Prince, & ſes ſoldats.
Arriuez iuſtement au milieu de leur route,
Où nous eſtions cachez, Cylon s'arreſte, eſcoute,
Et iuge qu'il eſt temps d'acheuer ſon proiet,
Par le bruit foible, & ſourd qu'vn des noſtres a fait,
Il commence la charge auecques violence,
Le Prince tourne teſte, il ſe met en deffenſe,
Nous l'enuelopons tous, luy ſans s'eſpouuanter,
Ne ſonge pas à fuir, mais à nous reſiſter.
A la fin....

MYRONE.

Ah! retarde vne mort ſi tragique,
D'y comme en expirant vn braue homme s'explique,

Et si tu veux du moins un peu me consoler,
Ne le fay point mourir sans le faire parler.

PHÆDON.

Il est mort toutefois sans dire une parole;
Mais dans ce lieu sanglant où le malheur l'immole,
Sçachez qu'il s'est perdu sans perdre son credit,
Et qu'il a fait luy seul tout ce qu'un autre eust dit.
Aussi bien dans le bruit, & parmy tant d'alarmes,
Son exemple a bien mieux animé ses gendarmes,
Ses exploits merueilleux ont accrû leur vertu,
Et tous ont resisté tant qu'il a combatu.
C'a lors esté qu'esmeu d'une noble cholere,
Son fer n'a plus trempé dedans un sang vulgaire,
Et qu'il a blessé mesme au milieu de leurs rangs,
Trasibule à la teste, & Cylon droit aux flancs.
Enfin nous preuoyons desia nostre deffaite,
Nostre escadron desia songeoit à la retraitte,
Et desia quelques uns des nostres auoient fuy,
Quand ceux qui sont restez ont pris exemple à luy,
Et confus qu'un seul homme arrestast la victoire,
Ils ont fait des efforts qu'à peine puis-je croire.
Mais souffrez que i'irrite encor uostre douleur:
Madame, enfin le nombre a forcé la valeur;
Il est mort, en donnant le trespas à cent autres,
Espuisé de son sang, teint de celuy des nostres;

Il est mort au milieu d'vn grand nombre de corps,
Que i'ay veu succomber sous ses derniers efforts;
Et pour finir sa vie auec vne loüange,
Il est mort en Lion, qui meurt, mais qui se vange.
Or comme en vn instant l'esperance s'abbat,
Ses gens l'ayant vû cheoir ont quitté le combat,
Et se sont efforcez de regaigner la ville,
N'estant plus que soixante, & nous presque deux mille;
Mais pour nous rendre enfin absolument heureux,
Nous y sommes entrez, pesle mesle auec eux.
Voilà de son trespas le recit veritable.

MYRONE,

A qui dois-je imputer cette mort lamentable?
Et que dois-je accuser aux malheurs que ie voy,
Des Dieux, des Ennemys, de mon Pere, ou de moy?
Les Dieux ne trempent point dans l'horreur de ce crime,
Ma plainte aussi contre eux seroit illegitime,
Ils ont fait leur possible à procurer mon bien,
Ils l'ont fait, ie le sçay: mais ils ne peuuent rien;
Cét accident fait voir combien les destinées,
Tiennent seruilement leurs puissances bornées,
Que le sort est plus grand que n'est leur volonté,
Et qu'il faut que tout cede à la necessité.
Les Ennemis de mesme ont dequoy se deffendre,
Pour vaincre mon Espoux il le falloit surprendre,

Outre que dans la guerre, où tout semble permis,
La ruse est excusable enuers les ennemis :
Et mon Pere apres tout ne pouuant pas eslire
Vn protecteur plus fort pour son nouuel Empire,
Ma douleur se rendroit criminelle en effet
Si ie blamois en luy le choix qu'il auoit fait.
Ah c'est moy qui le perds ! C'est moy qui suis la cause
Qu'vne cheute si prompte à sa grandeur s'opose,
C'est moy seule, c'est moy qui l'ay mis au trespas,
Ce sont ces traistres yeux, ce sont ces faux apas,
Ce fut cette beauté qui pour nostre dommage,
M'acquit iniustement vn si noble courage.
Ah ! don de la nature, & funeste, & trompeur,
Puisque ce fut par toy que ie gaignay son cœur,
Puisque ce fut toy seul qui pûs forcer ce Prince
A quitter pour iamais son Pere, & sa Prouince,
Il est iuste qu'icy ie suiue aueuglement,
Mon desespoir extreme, & mon ressentiment ;
Reçoy donc, cher Amant, ce pieux sacrifice,
Pour vanger ton trespas i'en puny le complice.

PHÆDON.

Ah ! Madame, apaisez ce violent transport.

PHILINTE.

Soldat, pensez à vous : car i'apprehende fort,

Qu'elle ne se saisisse en fin de vostre espée.

MYRONE.

Elle craint sans suiet, & ie suis fort trompée,
Si tu penses m'oster les moyens de perir
Dérobant à ma main tout ce qui fait mourir;
Mon desespoir suffit, & ie veux bien qu'on sache
Qu'vne autre mort seroit,& trop courte, & trop lâche.
Va garde ton espée; apres vn tel malheur
Il faut mourir long-temps, & mourir de douleur.

SCENE IV.

MYRONE. MEGISTE. PHÆDON. PHI-
LINTE. ELISE. SOLDATS.

MYRONE.

HE bien, Madame, en fin estes vous satisfaite?
Ce precipice affreux où le destin nous iette,
Cét orage impreueu qui nous vient d'emporter,
Tout excessif qu'il est, vous peut il contenter?

Blamerez vous encor le Ciel, & la Fortune
De n'auoir pas leur hayne à la vostre commune ?
De choquer le dessein qu'auec peu de raison,
Vous auez toufiours eu contre nostre maison ?
Estce pour affouuir vostre longue cholere,
Que vous me venez voir quand ie me defespere ?
Est-ce pour satisfaire à vostre inimitié ?
Ou fi c'est pour me plaindre , & pour auoir pitie ?

MEGISTE.

C'est pour vous fecourir , s'il est en mon possible ,
Et vous dire combien vostre mal m'est sensible.

MYRONE.

Inutiles discours ! sentiments superflus ,
Qui me parlent encor de l'estat ou ie fus !
Tantost , s'il vous fouuient, vous estiez en ma place,
Et ie vous confolois dedans vostre difgrace,
Nous nous parlions encor mon cher Efpoux, & moy,
Vous estiez prifonniere, & mon Pere estoit Roy ;
Le destin à prefent par vn caprice estrange,
Vous esleue, m'abbat , les punit , & vous vange ;
Il vous rend vostre Efpoux auec la liberté,
Il me rauit le mien, mon Pere est arresté,
Et fi i'ose parler de ce que i'apprehende,
Sa teste est le butin que le peuple demande.

Peuple infolent, ingrat, impitoyable, & vain
Qui fouffres qu'on t'appaife auec du fang humain,
Apres auoir feruy ce Prince magnanime,
Voudras tu qu'on t'en face vne illuftre victime?

MEGISTE.

La nature a des Loix qu'il faudroit ignorer
Si l'on vouloit deffendre à vos yeux de pleurer.
I'excufe les tranfports que ie vous ay veu faire,
Vous perdez vn Efpoux, vous craignez pour vn Pere,
L'vn eft mort, il eft vray, l'on tient l'autre en prifon,
Mais confiderez vous que c'eft auec raifon?
Voftre Efpoux deffendoit vne mauuaife caufe,
Il auoit des deffeins où la vertu s'oppofe,
Et fuiuant vn party lâche, iniufte, odieux,
Il attiroit fur luy la cholere des Cieux.
Pour voftre pere, on fçait combien il eft blamable:
Tout le peuple le hait, parce qu'il eft coupable,
Ses crimes ont forcé les Dieux à le punir;
Et fi i'ofois icy vous en entretenir,
Ie vous obligerois à condamner vous mefme,
Malgré les loix du fang, fa tyrannie extreme.
Pourquoy donc blafmez vous les iuftes fentiments
Que chacun doit auoir de fes deportements?
Voulez vous que le peuple aujourd'huy l'idolatre
Et le fauue des Loix qu'il s'efforçoit d'abattre?

Et voulez

Et voulez vous qu'on mette en pleine liberté
Celuy seul qui faisoit nostre captiuité?

MYRONE.

Ah! ne me forcez point, Madame, à vous respondre.
Ie sçay que vos raisons me peuuent bien confondre,
Ie sçay qu'il a failly, s'estant voulu placer
En vn lieu dont le peuple à droict de la chasser:
Et mesme apres l'affront d'vne prison soufferte,
Ie sçay que vous deuez solliciter sa perte,
Ie sçay iusqu'où tantost la fureur la conduit,
Et ce qu'il a voulu commettre cette nuit.
Mais aussi vous sçauez à quoy le sang m'oblige,
Sa mort estant si proche, il faut qu'elle m'afflige,
Et quelque auersion que vous ayez pour luy,
Vous deuez, ce me semble, approuuer mon ennuy.
Les pleurs sieroient ils mal dans les yeux d'vne fille,
Qui perd en vn moment son Pere, & sa famille,
Qui se voit malheureuse apres tant de bonheur,
Et qui s'en va mourir sans gloire, & sans honneur?

MEGISTE.

La mort dont vous parlez, n'est que pour les coupables,
Vous estes innocente.

MYRONE.

Elle est pour mes semblables.
Ie la suis, il est vray : n'ayant iamais rien fait
Contre mes Citoyens, de pensée, ou d'effet :
Au contraire, on sçait bien qu'au fort de leur misere,
Ie blâmois en secret les desseins de mon Pere :
Ie m'attends toutefois à mourir auiourd'huy :
La Loy veut mon trespas, puisque ie viens de luy ;
Outre que ie prenoy la mort que l'on m'ordonne,
Par ce funeste soing qu'on prend de ma personne,

MEGISTE.

Que ce soing toutefois ne vous soit pas suspect,
On ne peut vous traitter auec trop de respect :
Dans vn si grand desordre, & parmy tant d'alarmes,
Il falloit vous soustraire à l'ardeur des Gendarmes.
Le soldat ose tout dans les places qu'il prent,
Et le victorieux est tousiours insolent.

MYRONE.

Ie suis fort obligée à cestë preuoyance,
Et vous monstrez par là qu'elle est vostre prudence.

MEGISTE.

C'est bien plustost l'effet d'vne vraye amitié.

MYRONE.

Que ce soit elle ou non, tout au moins par pitié
Ne me refusez point vne ardante priere.
Madame, asseurément ce sera la derniere :
Mais accordez la moy, ne vous demandant rien
Que de tres-raisonnable, & qu'on ne puisse bien.

MEGISTE.

Dittes moy seulement ce qu'il faut que ie face.

MYRONE.

Si mon Pere est iugé procurez moy la grace,
Que deuant qu'on l'immole à la rigueur des Loix
Ie puisse luy parler pour la derniere fois.
Ie sçay quel est l'effet d'vne telle requeste ;
Mais si vous m'en priuez, ma mort est toute preste,
Il faut que vous tâchiez à me le faire voir,
Où ie vais à vos yeux mourir de desespoir.

MEGISTE.

Mais ceste veuë aussi vous sera bien sensible.

MYRONE.

N'importe.

MEGISTE.

Ie vay donc y faire mon possible.
Moderez vos douleurs: Adieu pour vn moment.
Cependant qu'on la meine en mon appartement.

Fin du quatriesme Acte.

ACTE V.

SCENE PREMIERE.

MYRONE. MEGISTE. SOLDAT.

MYRONE.

VOY? Madame, a t'il pû par sa constance
   extreme
Vaincre vostre cholere, & se vaincre luy-
   mesme?
A t'il pû se resoudre à ce honteux trespas,
A cette mort infame, & ne s'en plaindre pas?
A t'il pû surmonter le malheur qui l'accable?
Bref a t'il pû vous rendre à la fin pitoyable,

L iij

Et faire naiſtre en vous la triſteſſe & l'ennuy
Apres l'inimitié que vous auiez pour luy?

MEGISTE.

Pleuſt aux Dieux que ſa mort ne fuſt pas neceſſaire
Pour reſtablir les loix qu'il nous faut ſatisfaire ;
Et qu'on puſt reuoquer d'vn pouuoir abſolu
Son treſpas que le Peuple a deſia reſolu.
Sa vie eſpargneroit à mon ame affligée,
L'extreme deplaiſir de me voir trop vangée,
De vous voir malheureuſe, & de le voir mourir,
Sans qu'aucun aujourd'huy puiſſe le ſecourir,
Et ſans qu'il ſoit permis à la meſme Iuſtice,
De pouruoir amoindrir ſa honte, & ſon ſupplice.

MYRONE.

Son ſupplice : Ah ! ce mot renouuelle mes pleurs.
Que ne ſuccomboit il ſous ſes premiers malheurs?
Pourquoy le rude coup qui fait cheoir ſa couronne
A t'il obſtinément eſpargné ſa perſonne ?
Que n'a t'il peu mourir les armes à la main,
Il fuſt mort en braue homme, il fuſt mort Souuerain?
Et le Demon des Roys dont il portoit les marques,
Ne l'euſt pas effacé du nombre des Monarques ;
Son corps euſt eu peut-eſtre vn traitement plus doux,
Chacun le ſçachant mort, euſt perdu ſon courroux

Et pour me rendre heureuse, & vanger la patrie,
On m'euſt ſeule immolée à ſa iuſte furie.

MEGISTE.

Moderez ces cranſports qui choquent la vertu,
Le regret exceſſif marque vn cœur abbatu,
Le deſeſpoir ſied mal à des ames bien nées:
Vn moment peut changer l'ordre des deſtinées;
Ou, quand c'eſt vn decret qu'on ne peut euiter,
Il y va de l'honneur à le bien ſuporter.
Ie ſçay que la Nature…

SCENE II.

LICASTE. MEGISTE. MYRONE. SOLDAT.

LICASTE.

HElas!

MEGISTE.

Ah! Dieux ie tremble.

LICASTE.

Il n'en faut plus douter le conseil se rassemble,
Car le peuple s'obstine, & veut absolument
Que le Pere, & la Fille expirent promptement.

MYRONE.

Bien loing qu'vn tel discours me suprenne ou m'afflige,
Il m'est fort aggreable, & le peuple m'oblige.
Ie ne murmure plus de tout ce qu'il a fait,
Il me peut condamner & le doit en effet,
Car ma mort esteindra cette haine eternelle
Dont i'eusse poursuiuy sa volonté cruelle,
Son legitime arrest, & le iuste courroux
Qui va perdre mon Pere, & qui perd mon Espoux.

MEGISTE.

Non, non, ne croyez pas, que pourueu que ie viue,
Ce dessein reüssisse, & ce mal vous arriue.
Il y va de ma gloire à preuenir ce coup;
Et comme ma presence y peut seruir beaucoup,
Souffrez que ie vous quitte, & que i'aille en personne
Empescher promptement la mort qu'on vous ordonne.

MYRONE.

MYRONE.

Puisque ma vie enfin court vn si grand hazard,
O Dieux, faites si bien qu'elle arriue trop tard !
Rendez sans nul effet le pouuoir de Megiste.
Mais allons à mon Pere : Et de peur qu'il s'atriste,
Taisons luy le bon-heur qui m'attend aujourd'huy,
Et voyons le mourir, puis mourons apres luy.

SCENE III.

ARISTOTIME. CLEONTE.

ARISTOTIME.

Vne
salle
paroi
vn ce
couue
drap

POur moy c'est la raison, mais ie ne puis comprendre
Comme on traite si mal le reste d'Anaxandre;
Son corps deuoit au moins estre exempt de la Loy :
Le Peuple sçait il bien qu'il estoit fils de Roy ?

CLEONTE.

Ouy, le peuple sçait bien qu'il estoit fils d'vn Prince,
De qui vous vous seruiez pour broüiller la Prouince,

M

Et qu'estant vostre gendre, il est tombé du rang
Où l'auoient esleué la Nature, & son sang.
C'est ainsi que les Grands effacent par le crime
Ce caractere saint que la naissance imprime,
Et qu'vn forfait public les fait precipiter
Des lieux ou le bonheur les auoit fait monter.

ARISTOTIME,

Ieune, & malheureux Prince, à qui les destinées
Ont accourcy trop tost tant d'illustres années:
Exemple infortuné de la cheute des Grands,
Et presage certain de la mort que i'attends:
Quel crime auois-tu fait pour forcer la Fortune,
A te sacrifier auec tant de rancune,
Et perdre, en te perdant, l'espoir de tant de Roys,
Pour punir seulement le dessein que i'auois?
Donc ce l'inceul infame, est la pourpre esclattante,
Dont ie voulois couurir ta dignité naissante?
Donc ce lieu plein d'horreur où mes Iuges t'ont mis,
Est ce Pallais royal que ie t'auois promis?
Et ce triste cercueil est le superbe trône,
Que i'auois esleué pour le fils d'Antigone?
D'Antigone! Ah peut-estre à cet instant fatal,
Il fait des vœux au Ciel qui le traitte si mal:
Il charge les Autels d'encens, & de victimes,
Cependant que les Dieux font eux-mesmes des crimes,

Et ioignent aux decrets de la fatalité,
Des traits de leur enuie, & de leur lâcheté.
Ils n'ont osé souftraire à la rigueur des Parques,
Ce ieune successeur de tant de vieux Monarques,
Ce miracle esclattant de grace, & de valeur,
De peur que sa vertu ne fist ombre à la leur.
Mais quoy! pour quel suiet m'eschappe t'il des larmes
Sur ce corps immolé par le Demon des armes?
Il n'eust pas sceu mourir ni plus vitte, ni mieux,
Les coups qui l'ont percé, sont des coups glorieux,
Et son ame esleuée au dessus des plus fortes,
Ne pouuoit pas sortir par de plus belles portes.
Cét accident pourtant m'oblige à souspirer,
Ie ne doy point deffendre à mes yeux de pleurer,
La constance elle mesme aprouue ma tristesse,
Les pleurs que ie respands, sont des pleurs de tendresse,
Et pour les retenir, il faudroit estre ingrat,
Ayant mis Anaxandre en ce funeste estat.
Infortuné dessein, orgueilleuse pensée,
Conçeuë auec esclat, & mal recompensée;
Trop superbes proiets qui flattiez mon espoir,
Vous estes des trompeurs, ie commence à le voir,
Et mon ambition est vn peu de fumée,
Qui s'est esuanoüie aussi tost que formée.
Mais à quels mouuemens me laissay-ie emporter?
Ma resolution me veut elle quitter?

Et ce corps qui n'est plus qu'vne vaine impuissance,
Pourra-t'il esbransler mon cœur, & ma constance?
Pourra-t'il plus luy seul, que n'ont pû tous les Dieux,
Me faisant repentir d'vn proiet glorieux?
Non, non, ma fermeté brise vn si foible obstacle,
Mes yeux ne voyez plus ce dangereux spectacle,
Chassons cette pitié fatale à mon honneur,
Mes illustres desirs reuiennent dans mon cœur,
Ma vertu rentre aux lieux dont elle estoit sortie,
Mon ame se repent de s'estre repentie,
Ie me ris de la mort, i'en mesprise l'arrest,
Ie cours au precipice, & la cheute m'en plaist.

SCENE IV.

ARISTOTIME. MYRONE. CLEONTE, LISCATE. SOLDAT.

ARISTOTIME.

A Rreste icy, ma fille, ou tes pas, ou tes larmes.
Ne me vien point donner de nouuelles alarmes,

Ne vien point esbransler par tes viues douleurs,
Le dessein qui me pousse à brauer nos malheurs,
Ne fay point esclatter ta tristesse à ma veuë,
Ou deuien plus constante, ou paroy moins esmeuë,
Et quoy que mon trespas ait droit de te toucher,
Pers en les sentimens, ou tâche à les cacher.

MYRONE.

Ne me commandez point vne chose impossible.
Ie vous obeïrois si i'estois moins sensible,
Et si mon cœur outré de mille afflictions,
Pouuoit ne se pas rendre à tant de passions;
Mais puisque le malheur accable ma constance,
Ne desapprouuez point ma desobeissance;
Ce que vous m'ordonnez n'est plus en mon pouuoir,
Ie suy la voix du sang, i'escoute mon deuoir,
Et pour vous aimer trop, ie sens que l'vn, & l'autre
M'empeschent de regler mon sentiment au vostre.

ARISTOTIME.

Ah! ma fille veux-tu d'vn courage absolu
Choquer obstinement ce que i'ay resolu?
Timoleon, Megiste, & leur caballe entiere,
N'auront pas rebuté ma volonté derniere,
Toy d'vn cœur plus cruel qu'ils n'ont esté pour moy,
Veux-tu me refuser ce que ie veux de toy?

Te fasches-tu qu'icy ma gloire se soustienne?
Veux-tu que ta douleur esueille encor la mienne?
Qu'vne indigne pitié change mes sentiments?
Et qu'elle oste le lustre à mes derniers moments?

MYRONE.

Quoy mon Pere, vouloir vous mesme me contraindre,
De vous voir sans espoir, & de n'oser vous plaindre?
Blasmer ce iuste excez, en mon affliction?
D'auoir trop de tendresse, & trop d'affection?
Vouloir que la Fortune à me nuire occupée,
Assoupisse mon ame, apres l'auoir frappée,
M'arrache à la vertu, m'immole à son pouuoir,
Et me face rebelle à mon propre deuoir?
Non, l'amour qui me meut, est vne amour trop forte,
Il faut la satisfaire, il faut qu'elle m'emporte,
La Nature, & le Sang exigent de mon cœur
Vn desespoir, mais grand, mais tout plein de vigueur,
Et pour dire en vn mot ce que i'en considere,
Digne de mes malheurs, & de ceux de mon Pere.

ARISTOTIME.

Hé bien, ma Fille, as-tu ce que tu souhaitois?
Mon cœur qui s'attendrit aux accens de ta voix,
Mon ame qui se rend à tes tristes allarmes,
Mes yeux qui sont baignez par de honteuses larmes,

Donnent ils à nos maux vn remede important?
Aymes tu mieux me voir abbatu, que constant?
Te satisfay-ie en fin n'estant plus inuincible ?
Et me hais tu moins affligé, qu'insensible?

MYRONE.

Vous haïr, & me plaire à vous voir affligé ?
Ah ! si vous le croyez vous estes bien vangé.
Ces accidents affreux que le Ciel nous enuoye,
Cette grande douleur à qui ie sers de proye,
Punissent iustement, & mesme auec excez,
Les crimes qu'on m'impute, & que ie n'ay pas faits;
Ie les deteste trop pour en estre capable,
Ie vous aime tousiours, & quoy que miserable,
Quoy que priué des biens que vous auez perdus…

ARISTOTIME.

Quoy ! tu m'aymes encor ? va, tu ne le dois plus;
Au contraire, hay moy comme vn monstre effroyable,
Qui suis de nos malheurs la cause veritable,
Qui me donne la mort, qui te mets en prison,
Qui fais vn precipice où tombe ma maison,
Qui te rends miserable, & qui pour me deffendre,
Ayant armé pour moy la valeur d'Anaxandre,
Ay conduit cét appuy de mon iniuste orgueil,
De ton lit nuptial dans ce triste cercueil.

Voy, regarde, contemple, & iette sans contrainte,
L'effort impetueux dont tu dois estre atteinte;
Souffre que ta fureur esclatte hardiment,
Pousse, & ne retien plus ton premier mouuement,
N'escoute que ta rage, & lâche luy la bride
Contre vn Tyran superbe, & contre vn Parricide;
Ne me responds tu rien ? & ce funeste obiet
Ne te peut il donner qu'vn desplaisir muet ?
Allume contre moy le feu de ta cholere.

MYRONE.

S'il estoit mon Espoux, n'estes vous pas mon Pere?

ARISTOTIME.

Ouy, mais ce sentiment m'offence, & te sied mal:
L'amour paternel cede à l'amour coniugal;
Fay moy voir hardiment comme vn grand dueil
   s'exprime,
Regrette sa vertu, deteste, & hay mon crime.

SCENE

SCENE V.

ELISE. MYRONE. ARISTOTIME. CLEONTE. LICASTE. SOLDAT.

ELISE.

Madame, vos malheurs semblent se terminer;
Tous nos Chefs assemblez alloient vous condäner,
Quand Megiste arriuant, a fait que sa presence
Ait retardé d'abord leur cruelle sentence.
Elle les a priez; mais auec tant d'ardeur,
Que sa requeste enfin à sçeu toucher leur cœur,
Et se sont resolus de vous sauuer la vie,
Pourueu qu'il plaise au peuple, & qu'il le ratifie:
Ils y sont tous allez, & les ayant suiuis,
Elle m'enuoye icy vous en donner aduis.

MYRONE.

Apres tant d'infortune, elle veut que ie viue?
La mort qu'elle differe, ou dont elle me priue,
Est mon vnique espoir; sa pitié me fait tort,
Mon Pere va mourir, & mon Espoux est mort.

N

ARISTOTIME.

Ouy, ie m'en vay mourir, & ton cher *Anaxandre*
Eſt deſia dans la tombe où l'on me fait deſcendre.
Mais ces deux accidents ont vn peu d'équité,
I'ay trop eu de courage, il ma trop aſſiſté,
Et s'il faut expier de ſi genereux crimes,
Le Ciel a deu choiſir deux coulpables victimes :
Mais euſt il raiſon de les punir ſur toy ?
Eſt-ce par tes conſeils que ie me ſuis fait Roy ?
N'eus tu pas au contraire vn deplaiſir extreme,
Quand ie mis ſur ma teſte vn fatal Diadeſme,
Et que pour ſatisfaire à mes nouueaux projets,
De tous mes Citoyens, i'en fis tous mes ſuiets ?
Le Ciel en te ſauuant a monſtré ſa Iuſtice.

MYRONE,

Toutefois s'il eſt iuſte, il me ſera propice,
Luy demandant la mort pour finir mes douleurs.

ARISTOTIME.

Tu peux viure ſans honte apres tant de malheurs ;
Et mon affliction ſe verra ſoulagée,
En gardant la memoire en ton ame affligée.

MYRONE.

Quoy ?...

ARISTOTIME.

Ne replique point, ie t'en prie, & le veux.
Ie sçay que tu diras que les cœurs genereux,
Quand le sort les poursuit, s'immolent auec ioye,
Recherchent pour se perdre vne sanglante voye,
Et pensent lors atteindre au sommet du bonheur
Quand la parque ou leur main les couche au lit d'hōneur:
Mais perds ces sentimens, & si tu me veux plaire,
Chasse de ton esprit cette vertu vulgaire;
Ouy, ma Fille, croy moy qu'vn cœur n'est point constant,
Qui n'oseroit combattre, & souffrir qu'vn instant:
Dans vn pareil rencontre où ton destin t'appelle,
La mort la moins hastée est tousiours la plus belle,
Et n'aller au trespas que par vn seul moment,
C'est fuir de la vie, & mourir lâchement.
Pour moy l'on m'y contraint, & l'heure est arriuée,
Qu'il me faut tesmoigner ma constance esprouuée,
Il est temps que i'apprenne à tous mes ennemis,
Qu'estant digne du trône où mon cœur m'auoit mis,
I'en descends sans trembler, & que iamais personne
N'a mieux abandonné la vie, & la couronne.
He bien Ciel! contre moy de fureurs tout armé,
Dieux qui me haïssez apres m'auoir aymé,
Voyez, pour vous brauer que la mort que i'affronte,
Me rencontre sans crainte alors qu'elle me dompte.

MYRONE.

Helas ! cruel poison

ARISTOTIME.

Ma Fille, s'en est fait.
Mais attendant icy qu'il face son effet,
Et qu'il gele mon cœur d'vne mortelle glace,
Calme vn peu tes transports, & vien que ie t'embrasse.

SCENE VI.

PHÆDON. ARISTOTIME. MYRONE. &c.

PHÆDON.

IE ne vous diray point par d'importuns discours,
Qu'on vous a condamnée à terminer vos iours,
Ni quelle affliction Megiste en a conçeuë,
Car la rigueur des Loix vous doit estre cognuë.

ARISTOTIME.

Megiste n'a pû donc diuertir vn tel coup ?

PHÆDON.

Ie croy que vous sçauez qu'elle y pouuoit beaucoup :
Et son credit sans doute emportoit la balance,
Si le Peuple animé de trop de violence,
N'eust forcé par des cris coup sur coup redoublez,
L'inutile pitié de nos chefs assemblez.
Elle voyant alors ses desseins en fumée,
Surprise de douleur, elle est cheute pasmée,
Et lors, quoy qu'à regret, pour satisfaire aux Loix,
Tous vous ont destinée à ce funeste choix.

ARISTOTIME.

Ah ! la constance icy n'est plus en mon possible !
Cruels vous sçauiez bien par où i'estois sensible.

MYRONE.

Mon visage te dit que mon cœur est tout prest
A l'execution de ce sanglant arrest,
Puis qu'il acheue en fin ma vie, & ma misere :
Mais tu deurois au moins attendre que mon Pere
Eust payé le tribut qu'on exige de luy,
Sans t'efforcer encor d'accroistre son ennuy.

ARISTOTIME.

Il l'accroist en effet, te voyant la victime
Qu'on immole aujourd'huy pour expier mon crime,
Et sçachant que c'est moy qui conduy pas à pas,
L'innocence au Supplice & ma Fille au trespas.
Donc la rigueur des Dieux n'estoit pas assouuie,
Par mon propre malheur, & par ma propre vie,
Si leur iniuste effort n'eust encor foudroyé,
Ce qu'auant mon orgueil ils m'auoient octroyé?
Helas! ie me suis tû quand leur rage importune,
A renuersé mon trône, a trahi ma fortune,
A soumis ma grandeur aux Loix de mon Païs,
Et ma priué des biens que i'auois enuahis.
Les ayant vsurpez, ils les pouuoient reprendre,
Et i'ay toufiours bien crû que ie les deuois rendre:
Mais toy que i'auois eüe auant que mes proiets
M'eussent fait Souuerain, & donné des suiets,
Quel pouuoir legitime ont ils sur ta personne?
Qu'ils m'ostent à leur gré pourpre, vie, & couronne,
Que leur enuie arrache vn Sceptre de mes mains,
Qu'ils me rendent de Roy, le dernier des humains,
Pourueu que leur respect t'empeschast de me suiure,
Et que leur seul vouloir te condamnast à viure,
Ie fusse mort content dans mon sort malheureux,
Et i'aurois expiré sans murmurer contre eux.

MYRONE.

Puisqu'il faut qu'à la fin ce vouloir s'effectuë,
Ne vous affligez plus.

ARISTOTIME.

Ta pieté me tüe.
Et l'effort du poison qui me saisit le cœur,
M'oste ce fer des mains, & demeure vainqueur.
Ie voulois qu'il ouurist le passage à mon ame,
Et par luy me donner vn trespas moins infame;
Mais la mort interrompt cet effort glorieux:
Pardonne moy, ma Fille, & me ferme les yeux;
Adieu.

SCENE VII.

MYRONE.

MOn Pere est mort, sortez mes tristes
plaintes:
Mes malheurs à la fin ont surmonté mes craintes,

Et le Ciel que mes vœux n'ont iamais sçeu changer,
Quelque puissant qu'il soit, ne peut plus m'affliger:
La Fortune, & les Dieux ont espuizé leur rage,
Ie n'ay sçeu rien soustraire à cet affreux naufrage,
Qui me rend hors d'espoir, & qui m'oste en vn iour
Mon Pere, mon Espoux, ma Gloire, & mon Amour.
Ces obiets de pitié, ces spectacles funebres,
Que la Parque a voilez d'eternelles tenebres.
L'vn à peine expiré, l'autre froid & sanglant,
Affermiroient icy le bras le plus tremblant:
Suiuns resolument leurs malheureuses traces,
Imitons leur exemple, acheuons nos disgraces,
N'espargnons point nos yeux, espuisons nostre flanc,
Arrosons leur cercueil de larmes & de sang,
Et bien qu'en cét estat ie pûsse auec Iustice
Mettre encor quelque temps à choisir mon Suplice,
I'accepte tous les deux d'vn courage absolu,
Qui balance à mourir, ne meurt pas resolu,
Et puisque leur amour m'oblige de les suiure,
Pour vouloir trop mourir, ie me verrois trop viure,
Et l'excez du desir d'eslire le trespas,
Au lieu de le pousser, retarderoit mon bras.
Ouy commençons par la pour reioindre mon Pere
C'est le premier des deux qu'il me faut satisfaire,
Ayant receu de luy la lumiere, & le iour,
Ie dois aux Loix du sang auant qu'a mon Amour.

Et

Et toy, triste moitié des douleurs que i'endure,
Excuse si les Loix qu'impose la nature,
Et si le seul respect de mon Pere mourant
M'ont fait tantost te voir d'un œil indifferent.
Le peu qui luy restoit de loisir, & de vie,
Retenoit les efforts d'une si iuste enuie,
Et pour n'accroistre point ses mescontentemens,
Ie cachois ma tristesse à ses derniers moments:
Mais puisque son trespas ne retient plus ma crainte,
Et que ie puis encor t'imiter sans contrainte,
Voy, cher autre mesme, auec combien d'ardeur   Elle pr
Ma main va seconder ton exemple, & mon cœur: le poig
Et si dans cét estat ou ton estre repose,
Tes esprits dissipez sont encor quelque chose,
Regarde que mon ame, auec un noble effort
Brise en fin sa prison par une double mort.   Elle se

Fin du cinquiesme Acte.

O

Extraict du Priuilege du Roy.

PAr grace & priuilege du Roy, il eſt permis à AVGVS-TIN COVRBE', Marchand Libraire à Paris, d'impri-mer ou faire imprimer vne Piece de Theatre, intitulée *Ariſtotime Tragedie*, & deffences ſont faites à tous Librai-res & autres de contrefaire ladite Piece, ny en vendre de contrefaites, ſur peine de confiſcation des Liures contre-faits, & de cinq cens liures d'amende, ainſi qu'il eſt plus au long contenu dans leſdites lettres.

Et ledit Courbé a aſſocié audit Priuilege Antoine de Sommauille, auſſi Marchand Libraire, ſuiuant l'accord faict entr'eux.

Acheué d'imprimer le 2. Auril 1642.